Micaela Serrano Quesada

SABORES DE ALMA Y SAL

Sabores de alma y sal

1ª edición: Febrero 2018

ISBN: 978-84-945617-8-8

© Del texto, Micaela Serrano Quesada, 2017

©De la ilustración de cubierta: Miradas en paralelo, Nuria Parra
Cátedra, 2018. www.catedrart.es npcatedra@gmail.com

©De la imagen de cubierta trasera: Fabrizio Conti - Unplash

© Composición de cubiertas: OmniaBooks, 2018

© De la edición, OmniaBooks, Omnia Publisher. S.L., 2018

www.omniabooks.com

Este libro colabora con:

**Viladecans contra el cáncer
(Asociación coordinadora)**
www.viladecancer.es,
viladecancer@gmail.com

Para mi sobrina María, el nuevo ángel que está entre nosotros

"Dentro de veinte años te arrepentirás más de las cosas que no hiciste que de las que llegaste a hacer. Por lo tanto, ya puedes levar el ancla. Abandona este puerto. Hincha las velas con el viento del cambio. Explora. Sueña. Descubre"

Marc Twain

Agradecimientos

Tras la publicación de mi último poemario, **El latido de la vida,** he tenido la necesidad de explicar con mayor detalle la experiencia del cáncer a través de uno de los personajes de esta novela, Carmen. El cáncer es una enfermedad cada día más tratable y con mayor esperanza de vida, a la que no hay que tener miedo.

Toda enfermedad está enseñándonos una lección para aprender en la vida. Debemos prestarle atención para poder cambiar algunos aspectos que nos pueden perjudicar. Revisar nuestras emociones, el nivel de estrés que padecemos, nuestra alimentación, el descanso y el sueño, necesario para regenerar nuestras células.

Este libro quiere dar importancia a la alimentación. Especialmente a la dieta vegetariana que ayuda sobre todo en la recuperación de muchas enfermedades. En este sentido he conocido la obra de la Doctora Odile Fernandez, **Mis Recetas anticáncer**, **Mi revolución anticáncer**, que han sido de gran inspiración.

He descubierto en Barcelona, desde hace algunos años, los restaurantes Teresa Carles y Flax & Kale que cuidan la dieta vegetariana y vegana con mucho cariño y sus platos son sumamente deliciosos.

Doy las gracias a todos los médicos y enfermeras que tratan el cáncer de manera holística, junto a grandes terapeutas ya que pueden ayudar a erradicar esta enfermedad y a minimizar los efectos secundarios de los tratamientos efectuados desde la medicina tradicional.

A ti lector, gracias por leerme. Espero que este libro pueda ser una aportación más en tu vida y pueda ayudarte en tu camino.

Todos los personajes y sus historias son inventados aunque siempre puede haber personas que se identifiquen con alguno de ellos. En cualquier caso, no es mi intención.

Por último, dedico este libro a la bella María, que nació un frío día del mes de enero de 2017, para darnos la alegría más inmensa en nuestra familia.

Micaela Serrano Quesada

Índice

Cuando todo se trastoca

Capítulo 1

Carmen se había levantado malhumorada. Eran cerca de las ocho de la mañana y tenía menos de media hora para arreglarse, tomar un café y salir corriendo para el despacho. Había tenido una noche horrible, con miles de pesadillas y estaba agotada. Hacía semanas que se encontraba exhausta y necesitaba un descanso. En la oficina, el trabajo la desbordaba y últimamente su vida sentimental se estaba cayendo en pedazos.

Carlos, su última pareja, la abandonó por una joven y guapa mujer, dejándola destrozada. Anteriormente estuvo con Daniel, un tipo divertido a quién no le gustaba comprometerse. Después de dos años juntos, Carmen decidió romper la relación porque sabía a ciencia cierta que no llegarían nunca a ningún lado. Al cabo de varios meses conoció a Carlos en un viaje a Madrid. Era comercial de una empresa alemana y viajaba con mucha frecuencia. Después de tantos viajes, los encuentros entre ellos resultaban cada vez más difíciles. Vivían el sexo en su máxima potencia; pero la comunicación se volvía complicada, hasta que un día se enteró por un colega de la oficina que estaba liado con Silvia, una jovencita de veinticinco años.

Desde el sofá de su casa, contemplaba como su vida consistía solo en trabajar, dormir y comer, o más bien en engullir hamburguesas, pizzas y litros de Coca-Cola. Tenía a sus dos grandes amigas, Inés y Olga con las que pasaba ratos inolvidables. Luego a las compañeras del despacho y a su madre Julia que la querían con locura. Su padre Daniel había fallecido hacía unos años.

Se sentía protegida y sola al mismo tiempo. ¡Menuda contradicción!

—¡Vaya mierda de vida, nada más que trabajar como una burra! ¡Qué sentido tiene todo esto! —se preguntaba a menudo Carmen.

Esa misma tarde tenía visita con el Doctor Fernández. Esperaba los resultados de unos análisis. Pura rutina. Saldría temprano para no pillar atascos y llegar pronto a la clínica.

Había sido un día de locos, como otro lunes cualquiera:

—¡Carmen, tráeme por favor los nuevos diseños de bambas de Running para la próxima estación! —le gritó nervioso su jefe desde la otra punta de la sala.

—Enseguida, un momento que lo busco —dijo ella sumisa.

En cinco minutos ya tenía todo en la mesa del despacho. Había una reunión general con el Director Comercial y el Gerente.

Ella aprovechó un instante para ir al lavabo y marcharse al médico. Eran las seis de la tarde.

—Perdona, Luis, me marcho, que hoy tengo un poco de prisa. Hasta mañana —comentó con voz entrecortada Carmen.

—Muy bien, hasta mañana —dijo a su vez el jefe con cara de pocos amigos.

Hacía más de diez años que trabajaba en la empresa "Lenixing", que comercializaba marcas deportivas. Era la secretaria del

Director Comercial desde hacía cinco. Había pasado por los departamentos de marketing y contabilidad.

Carmen era una persona responsable, segura de sí misma, inteligente y sacrificada. Muy apreciada por todo el equipo directivo, prueba de ello es que recientemente la habían promocionado para ser la nueva Jefa de Logística aunque ella lo rechazó por la salud de su madre. No podría asumir tanta responsabilidad. Esta negativa no gustó especialmente a Luis con el que tenía una relación más o menos tirante. Desde entonces, la machacaba constantemente con informes, emails y llamadas telefónicas por lo que a menudo salía del despacho a las siete o las ocho de la tarde. Poco a poco se sintió cada vez más agotada y apenas tenía ganas de salir con sus amigas o ir al gimnasio, tampoco de cocinar por lo que empezó a comer de manera desordenada, especialmente sándwiches, hamburguesas, pasta y pizza. Lógicamente se engordó ocho kilos.

Aquella tarde frente al doctor, se quedó fría ante la noticia que acababa de recibir.

—Tienes tricoleucemia. Es una variedad dentro de la leucemia. Se cura muy bien con quimioterapia y antibióticos. Te haremos una punción medular para acabar de diagnosticar la enfermedad, pero no te preocupes que es una leucemia leve.

No sabía que decir sinceramente. La saliva se le atragantó y casi no podía respirar.

—¿Pero está seguro del diagnóstico? Puede que haya un error, tal vez… —pronunció con vocablos apenas imperceptibles.

—Carmen, estoy muy seguro de lo que digo —sentenció con un tono grave, mesándose la barba al mismo tiempo—. No es grave, no te preocupes. Lo hemos detectado muy pronto y seguro que te recuperarás en unos meses. Lo mejor que puedes hacer ahora es descansar, tomarte las cosas con calma y coger fuerzas —finalizó el doctor Suárez.

Ella salió por la puerta con lágrimas en el rostro. Estaba muy asustada y no sabía qué hacer. Bajó por el ascensor con la mirada perdida y al llegar a la planta baja, casi tropieza con otros pacientes.

—¡Eh, Usted!, a ver si mira por donde va, que casi me caigo —le dijo un señor con malas pulgas.

—Perdone, no me había dado cuenta —dijo Carmen, disculpándose.

Aún retumbaban en su cabeza las palabras del doctor… no podía creerlo. Tendría que llamar al despacho y explicarlo todo. Tal vez estaría largos meses de baja. Igual perdía el puesto de trabajo… estaría sola, enferma y sin faena… lo peor del mundo.

Capítulo 2

Era martes. Y como todos los martes desde hacía más de un año, Inés se había apuntado a Pilates en el ultramoderno gimnasio recién abierto al lado de casa. Iba por la tarde a partir de las seis y luego aprovechaba para nadar un rato y relajarse en el jacuzzi.

Su vida era de lo más monótona. Se había casado con Jordi cuándo tenía veinticinco y llevaban juntos casi veinte años. Había ejercido como esteticista durante su juventud y luego con los constantes cambios de residencia a causa del trabajo de Jordi, se vio obligada a dejar el empleo, aunque después de todo, no le faltaría nada. Su marido le proporcionaba hasta el último capricho del mundo.

El dinero no era ningún problema para Inés. Vivía en un chalet de lujo a las afueras de Barcelona y tenía una asistenta para todo. Se pasaba el día de compras, tomando café con las amigas o yendo al cine o a la ópera. Frecuentaba ambientes chic de lo más selecto, aunque reconocía que no simpatizaba con toda esa gente.

Se apuntó al gimnasio con la esperanza de encontrar nuevas amistades. Estaba un poco harta del mundillo que la rodeaba. Allí conoció a sus mejores amigas, Carmen y Olga. A pesar de que eran muy diferentes a ella, apreció la forma de ser de cada una. Eran francas y sinceras. Carmen, muy divertida. Le gustaba su coraje frente a la vida y su fuerza. Olga, una mujer sencilla, tenía su propio negocio, una pequeña librería y aunque iba tirando, últimamente las cosas no andaban muy bien.

A menudo, las invitaba a comer en casa, especialmente cuando su marido se ausentaba por motivos de trabajo. Estos pequeños momentos iban tapando los agujeros de su vida vacía. Se sentía sola y no sabía muy bien el porqué. Lo tenía todo: un maravilloso marido, una casa estupenda, salud, dinero… no debería quejarse. Cuando veía a sus dos amigas trabajando como locas para llegar a fin de mes, ella sin embargo no tenía esta preocupación. Disponía de tiempo para hacer cosas y no sabía cómo aprovecharlo. Los días se le escurrían lamentándose de la noche a la mañana, y así un mes, un año…

Entonces un buen día, todo se tambaleó. Su marido había sufrido un Ictus mientras estaba en Madrid durante un viaje de negocios y le dijeron que estaba en la UCI.

Fue volando como alma en pena hasta el hospital. Allí estaba sedado, sin ninguna señal de recuperación. Los doctores le dijeron que estaba bastante mal y que posiblemente no saldría del coma.

—Lo siento mucho señora, tenemos que esperar. De momento, no podemos hacer nada más.

—En serio, ¿no existe ninguna posibilidad de una mínima mejoría? —pronunció con la voz alterada la mujer.

—Se lo acabo de decir. Nada que hacer. Solo esperar a ver si despierta. Y en última instancia, si despertara y en el mejor de los casos, tiene graves secuelas en el cerebro, por lo que se le tendría que mantener con vida artificial.

—Es horrible, no me lo puedo creer… —irrumpió ella con un torrente de lágrimas.

Inés se hospedó en un hotel cerca del Hospital Gregorio Marañón dónde se encontraba su marido. Cada día iba por la mañana y se pasaba las horas a su lado. No mostraba ninguna señal de vida, aunque ella le contaba chistes, le leía cuentos… a veces solo tenía ganas de llorar.

Su móvil no paraba de recibir llamadas de consuelo, de ayuda. Sus dos amigas fueron hasta Madrid un fin de semana y la acompañaron al hospital. La familia de Jordi también se desplazó desde Barcelona y estuvo con ella, alternando los días para que pudiera descansar.

Pasaron tres meses. Fue un tiempo de agonía y desesperación. Inés se había quedado extremadamente delgada. No se había planteado nada, pero quizá era el momento de hacerlo. Tal vez moriría o puede que el coma lo mantuviera durante muchos años. Eso no era una forma de vivir digna.

Julia, la madre de Jordi estaba dispuesta a desenchufar a su hijo. No podía soportar más ese dolor. Sus hermanos Víctor y Manuel, en cambio se oponían.

Trascurrido otro mes fue cuando sucedió lo inevitable… Jordi murió finalmente de manera natural la noche del doce de mayo. Llevaron el cadáver a Barcelona para su entierro y funeral.

Tras la muerte de su marido, Inés se quedó completamente paralizada. No sabía como levantar cabeza. Nunca hubiera imaginado que se iba a quedar sola con cuarenta y cinco años. Era una terrible tortura que no esperaba. El olor de su cuerpo, sus ropas en el armario, su colonia… todo su aroma estaba impregnado en su piel. No se lo podía quitar de encima… las noches eran largas y difíciles. Lloraba desconsoladamente a pesar de tomarse los relajantes que le había recetado el médico. Continuamente volaban en su cabeza imágenes de su sonrisa, sus ojos grises, su cabello ondulado… Los recuerdos apresaban su mente una y otra vez y no era capaz de dominarlos.

Su hermano Víctor, era más cariñoso que Manuel y estuvo a su lado los tres primeros meses. Comía con ella, la llevaba al cine, o de viaje cuando su tiempo se lo permitía... hasta que lo trasladaron a Bilbao y ya no pudo dedicarle las atenciones que merecía. Manuel iba y venía. Siempre había sido más independiente y se había distanciado más de la familia. Vivía con Ana, desde hacía diez años y tuvieron dos hijos, Jesús y Carlos. Inés se sentía un poco distante con ellos. No tuvieron demasiado tiempo para compartir y aunque se veían en las comidas familiares, siempre escurrían el bulto con rapidez.

Poco a poco fue levantando cabeza. Se dio cuenta de que la vida se iba esfumando con rapidez. En efecto, es corta y traicionera y debía ser valiente para seguir adelante. Realmente nacemos sin manual de instrucciones y no sabemos cómo actuar ante una muerte, una enfermedad o cómo educar a un hijo. Solemos dejarnos llevar por el instinto y muchas veces por la educación recibida de nuestros padres, la costumbre y tradición, ya sea correcta o no. Ante esta perspectiva, nos caemos como seres indefensos y nos cuesta un enorme esfuerzo recuperarnos de nuestras caídas.

Al cabo de siete meses de la muerte de Jordi, Inés se levantó un día completamente diferente. Ya no tenía ganas de llorar. Estaba triste, pero con ganas de seguir adelante. Poco a poco, sus recuerdos se fueron almacenando en una parte del cerebro para no revivirlos más. Por otro lado, su amiga Carmen, le había anunciado que estaba enferma. Su misión ahora consistiría en cuidarla todo lo que pudiera.

Capítulo 3

Aquella mañana se levantó feliz, como si no supiera que algo iba a cambiar su vida.

Olga, era la mujer madura de su grupo de amigas. Trabajaba en una pequeña librería cerca de casa desde los veinte años y así pudo costearse los estudios de Periodismo. Una vez finalizada la carrera, se dio cuenta de que no le gustaba ejercer de periodista, aunque estaba enamorada de los libros. Los cogía con delicadeza, olía esas páginas recién impresas, tocaba con ternura las ilustraciones y se aprendía fragmentos enteros. Se casó muy joven con Iván y tuvo una niña preciosa que ahora tenía seis años, Eva.

Olga conoció a Inés y Carmen en el gimnasio, una tarde de primavera en la que le sorprendió la lluvia. No tenía paraguas y acabada la clase de Pilates, se dirigió hasta la salida. Allí estaban ellas, guapas y vestidas a la última moda. Las había visto en clase aunque apenas habían cruzado cuatro palabras. La más esbelta, Inés, se la veía de buena familia, por el tipo de ropa que llevaba y la manera de comportarse, pensó que era un poco pija, la vio subir a un BMW de color rojo. La otra chica, parecía más sencilla, un poco gordita, con el pelo rojizo, muy rizado y los ojos verdes. Tenía una sonrisa fácil y hablaba con gracia y soltura.

—¿Te presto un paraguas? —le dijo con amabilidad, mirándole a los ojos—. Me llamo Carmen y vengo los martes y jueves. Te he visto en clase desde la otra punta. Se te dan muy bien los estiramientos. Pareces una bailarina —le comentó ella con aspavientos y gesto nervioso.

—Muchas gracias Carmen. Yo me llamo Olga y vengo también a esta clase desde hace un par de semanas. Trabajo en la librería de la Calle Vallespir, la que hace esquina con Libertad, está muy cerca.

—Yo trabajo de Secretaria Comercial en una empresa multinacional. Actualmente no tengo mucho tiempo para leer, aunque me apasionan los libros. Siempre me he considerado una lectora voraz. Me gusta especialmente la novela negra. Coge este paraguas. Ya me lo devolverás —le dijo ella con insistencia.

—De nuevo gracias y nos vemos pronto. Si tienes tiempo y te quieres pasar por mi tienda, te puedo ofrecer algún libro de actualidad.

—¡Ah! Pues sí ya me pasaré, Olga, y así veo lo que tienes. Se lo comentaré a Inés, que también viene a este gimnasio. Acaba de salir hace unos minutos. Es la del BMW. Y no creas —comentó Carmen con mirada pícara— es una tía de pasta; pero buena gente, ya la conocerás.

—Muy bien. Nunca se puede juzgar a nadie a la ligera, ¿no crees?

—Eso mismo digo yo. A veces alguien nos sorprende.

—Hasta luego.

—Hasta pronto Olga.

Olga se marchó con el paraguas a toda prisa. Empezó a llover fuerte y notaba como se le mojaban los tejanos. Llegó a casa y dejó la bolsa del gimnasio en la cocina. Allí estaba su hija, jugando con una muñeca que le acababa de comprar su padre.

—¡Hola mi vida! ¿Quién es esta? ¿Una nueva amiguita? —le decía ella mientras le acariciaba el pelo enredado.

—Sí mami. Se llama Isabela. ¿Has visto que vestido tan bonito que tiene?

—Sí hija mía. Es una monada. Venga vamos para la ducha, que luego tenemos que preparar la cena.

—¡Noooo! Quiero jugar un ratito más… luego me ducho.

—Que no Eva, vamos que el tiempo pasa y tienes que irte pronto a la cama.

—¡Está bien! —dijo refunfuñando la niña mientras dejaba su objeto más querido de última hora en el mármol.

—Y tú Iván, ¿qué tal te ha ido el día?

—Pues no demasiado bien, la verdad. El jefe nos ha cantado las cuarenta. Creo que habrá despidos.

—Ufff. ¿Estás preocupado cariño? Tú eres de los favoritos del jefe. No creo que te echen, ¿verdad?

–Ya no, cielo. Las cosas han cambiado. Y solo soy un movimiento más en el tablero de ajedrez.

—Pero, no puede ser… tú eres de los mejores vendedores y llevas veinte años trabajando en el sector publicitario. Te aprecian bastante… ¡no me digas más, por favor! —alegó Olga con aspavientos.

–Pero no te preocupes. Todavía no me han dicho nada y esperan ver los resultados del último trimestre. Y si me despiden, ya encontraré otro trabajo.

—Bueno, pues nada. Ya nos apañaremos. ¡Anda! dame un beso fuerte, que estás muy distante.

—No lo estoy, cielo, solo me preocupa esta situación. Ven aquí…

Y se besaron dulcemente ignorando los días que estaban por venir.

Capítulo 4

Hacía ya unos días que había comunicado a su jefe que padecía la extraña enfermedad llamada "tricoleucemia" y tendría que someterse a los tratamientos, causando baja durante algunos meses.

A pesar de la frialdad de Luis, con la que normalmente atacaba a sus trabajadores y especialmente a ella, se mostró bastante receptivo a la noticia de Carmen y hasta compasivo con ella.

—No te preocupes Carmen, tómate el tiempo que necesites. Ya verás como todo irá bien —le dijo con una palmadita en la espalda—. Hoy en día sabes que hay muchas personas que se curan de cáncer.

—Eso espero. Tengo muchas esperanzas y sobre todo fuerza.

—Sí, Carmen. Ahora más que nunca tienes que sacar toda la valentía que hay dentro de ti. Tú puedes con todo. Ya verás como pronto estarás de vuelta y ni nos habremos enterado.

—Miles de gracias por el apoyo, Luis. Ya te iré llamando.

Y con una pequeña lágrima a punto de saltar en su rostro, Carmen se fue despidiendo de sus compañeros por una temporada. Tras una semana, iniciaría los tratamientos, por lo que tenía que descansar y alimentarse bien.

Aquella tarde fue al gimnasio para anunciar las noticias a las chicas. Aún no les había contado nada. Tampoco tenía demasiadas ganas de explicarlo aunque ellas eran sus mejores amigas en aquellos momentos y se creía con el deber de decirlo.

—Olga, Inés. El médico me acaba de diagnosticar que tengo una leucemia extraña, "tricoleucemia" exactamente. La semana que viene inicio el tratamiento de quimio —dijo a toda velocidad Carmen a la salida del gimnasio.

—¿Pero qué dices? —proclamó exaltada Olga—. No nos habías contado nada…

—Anda vamos a tomar un café y nos explicas todo con detalle —dijo Inés con voz tranquilizadora.

—Pues eso. Fui a hacerme un análisis hace unas semanas y vieron los resultados muy alterados, bajos en glóbulos blancos y en plaquetas. No sé la verdad… no me lo esperaba… —exclamó entre sollozos Carmen.

—Nadie se lo espera, tranquila. Yo tampoco esperaba la muerte de mi marido, y mírame hace meses que está enterrado y estoy rehaciendo mi vida lo mejor que puedo —comentó Inés con voz alentadora.

—Es verdad, Carmen. No te hundas. Nosotras estaremos contigo en todo momento. Ya verás cómo irá bien —dijo entonces Olga. Te vendrás a mi librería, cuando quieras y podremos charlar.

—Y yo además tengo bastante tiempo libre… una de las mejores cosas que hizo mi marido es poner los bienes a mi nombre. Así que de momento no tengo que trabajar. Te podré acompañar al médico y a los tratamientos cada día. Ya verás que bien lo vamos a pasar —comentaba sonriendo Inés.

—Qué suerte tienes, pendona. Yo tengo que estar en el curro, aguantando a mi gente y a toda aquella pandilla de pelmazos… y soportar el estrés diario —alegó Carmen con cara de pocos amigos.

—Tal vez por eso te has enfermado —afirmó Olga. Muchas de las emociones negativas que tenemos las somatizamos y al final enfermamos por ello.

—Bueno, bueno, ya está la filósofa del grupo, ja, ja… —pronunció con un tono sarcástico Inés—. Yo no me creo nada de lo que dices.

—He leído mucho sobre el tema y es cierto, aunque no me queráis creer.

—Está bien, no os peleéis chicas —dijo alborotada Carmen—. No vale la pena. La verdad es que yo tampoco tengo mucha fe en esas tonterías, pero no soy tan reticente. Si me pudieras ejemplificar un caso, me lo creería… es pura teoría.

—Conozco a un terapeuta que te puede ayudar al respecto —comentó Olga. Si quieres vamos. No perdemos nada por intentarlo.

—Bueno, lo que tú dices es verdad, tampoco pasará nada malo. Al menos una primera visita puede ayudar a entender el problema, ¿no?

—Pues ya le llamaré. ¿Cuándo empiezas con el tratamiento?

—La semana que viene.

—Pues entonces habrá que correr —dijo Olga con rapidez.

Apenas llegó a casa, Olga llamó por teléfono a Pedro, con quien se estaba visitando desde hacía unas semanas. Era un conocido de su marido, homeópata y acupuntor que tenía bastante reconocimiento en Barcelona. Tenía una lista de espera de tres meses, aunque hizo todo lo posible por adelantarle la visita en una semana.

Ella acudió a él por el tema del insomnio. Llevaba tiempo preocupada por su negocio, su tienda. Apenas entraba nadie a comprar y en los últimos meses, había tenido que poner dinero de su bolsillo. Aún no había comentado nada a su marido. Era cuestión de semanas que tendría que cerrar si no sucedía un milagro…

No quiso comentar nada del asunto a sus amigas. Una había perdido a su marido recientemente y la otra estaba enferma. Ya tenían bastantes problemas.

Pedro era una buena persona, amigable, abierto y con una sonrisa franca. Lo primero que sugirió a Olga era que cambiara la dieta, incluyendo muchas verduras y frutas, y luego, que encontrara momentos para relajarse. La trataría con acupuntura, Flores de Bach y masajes relajantes. También tomaba comprimidos de valeriana y pasiflora. El problema, sin embargo, estaba ahí. Tenía que enfrentarse a él, sin dudarlo y no esperar mucho tiempo.

Pasó una semana y como las cosas no mejoraron, Olga comentó aquella noche a su marido que iba a cerrar la tienda.

—Cariño, no puedo seguir así más tiempo. Llevo tres meses que no entra nada de dinero.

—Bueno, pues cerramos y ya está. Con mi sueldo podemos seguir para adelante aunque tengamos que apretarnos el cinturón, eso sí. Tendremos que prescindir de ciertas cosas o caprichos. Vacaciones, restaurantes, seguro médico… en fin… ya veremos —dijo Iván tranquilizándola—. De momento no han seguido hablando del tema de despidos. Y si sucediera, pues ya se nos ocurrirá algo, cariño. Llamaría a un viejo amigo que trabaja en un bufete y puede que me contratara como ayudante, al fin y al cabo tengo mi carrera de abogado.

—Si ya lo sé, aunque tengas una corta experiencia, pero sería empezar desde cero, con tu edad. Admítelo que ya no tienes veinte años. Con cuarenta todo es más difícil. Hay mucha competencia. Buscaré yo faena por ahí, limpiando casas o despachos —dijo preocupada ella.

—Déjalo Olga, de momento podemos tirar con mi sueldo. Ya veremos qué hacemos. Soy optimista y todo se arreglará.

—Está bien. Ya tengo bastante en qué pensar. Además, Carmen empieza el tratamiento de quimio esta semana y voy a echarle un cable, si te parece bien.

—Claro, perfecto, Olga. Para eso están los amigos. Ahora le podrás dedicar más tiempo… y también a tu hija…

—Sí es verdad. Eva va creciendo a pasos agigantados.

—Pues nada, lo dicho. Cierra la tienda y de momento a ver qué pasa. La pondremos en alquiler. Tenemos que acostumbrarnos a vivir de manera más sencilla, como hicieron nuestros padres. Hoy derrochamos mucho.

—Hemos aprendido a vivir con más comodidades, simplemente. Antes era todo sufrimiento, nunca llegabas a final de mes.

—Está claro, Olga, pero a los malos tiempos hay que poner buena cara. Además eres una mujer emprendedora y con recursos. Encontrarás alguna cosa pronto. Y esa amiga tuya, con pasta, ¿cómo se llama? ¿Inés? Te podría colocar en su tienda, ¿no?

—Pues también tienes razón. Hablaré con ella.

—Lo importante ahora es Carmen. Ya tendré tiempo de buscar trabajo y por supuesto Eva.

—Anda cielo, vamos a la cama —dijo con voz cansada su marido, mientras se dirigía hacia el dormitorio.

—Ya voy. En unos minutos.

Olga intentó coger el sueño, pero era imposible. Por su cabeza iban y venían miles de pensamientos: que no encontraría trabajo, que iban a despedir a su marido, que su niña era muy pequeña aún y necesitaba sacarla adelante... ¡Dios mío! Qué difícil resultaba todo, cuando en realidad era de lo más fácil. Simplemente no podía hacer nada en ese momento, solamente dormir; pero somos criaturas complicadas que nos encanta sufrir, ir de víctimas y pensar negativamente. Se acordó de sus amigas, en el dolor que cada una de ellas llevaba consigo. Realmente debía sentirse afortunada por tener una familia, un marido generoso y una hija lista y cariñosa. Se desvivía por ellos.

Como no paraba de darle vueltas al tema, se levantó y se fue al comedor. Empezó a leer *Aleph* de Paulo Coelho. Era bastante seguidora del autor brasileño, aunque siempre se había decantado más por sus primeros libros: *El Alquimista, Manual del guerrero de la luz, Verónika decide morir...*

Al cabo de media hora, por fin se le empezaron a cerrar los ojos. Respiró conscientemente unos diez minutos y se fue de nuevo al dormitorio hasta caer en un profundo sueño. Al día siguiente hablaría con sus amigas para anunciarles que cerraba la librería.

Capítulo 5

Hacía tan solo unos meses antes de la muerte de Jordi, Inés pasaba la mayor parte de su tiempo de compras, con su estupendo maquillaje y el vestido comprado en la última tienda de moda. Parecía realmente una modelo. Alta, con el cabello oscuro y liso hasta la cintura, delgada, contorneándose con soltura por la Diagonal de Barcelona. Siempre con bolsas de Gucci, Armani o Louis Vuitton... visitaba muchas veces el Club de Tenis o iba a fiestas de lujo con los compañeros de trabajo de su marido.

Su vida se estaba yendo a pique, a pesar del dinero que derrochaba constantemente. No valoraba realmente las cosas que tenía, ni siquiera a Jordi, que pasaba las semanas fuera de casa. Irse de compras era su única ocupación junto con el gimnasio y sus amigas a las que intentaba ver ahora con mayor asiduidad.

Al cabo de ocho meses del fallecimiento de su marido, poco a poco se fue recomponiendo y abrió una tienda de complementos, en la esquina de Roselló con Passeig de Gràcia. Vendía desde foulards, a bolsos, cinturones, pulseras, collares... en una línea Chic. Tenía a Nuria como empleada, una jovencita de veintitrés años, muy moderna y dicharachera. Hablaba con soltura y se le daba bien el trato con las clientas. Los precios no eran desorbitados y conseguía captar el interés del público. Como Inés estaba muy bien relacionada por su marido, muchas de sus amigas acudían a DETAILS, así era el nombre de la tienda.

Desde que se había enterado de la noticia de Carmen, no podía dejar de pensar en ella. Aquel mismo día la llamó para acompañarla al tratamiento.

—Hola cariño, ¿cómo estás? ¿A qué hora tienes que ir mañana?

—A las diez, tengo que estar en El Clínico. ¿De verdad quieres venir conmigo? Había pensado decírselo a mi madre.

—Deja a tu madre tranquila, que está delicada. Yo te puedo acompañar perfectamente. Te dejo en casa al mediodía y después marcho a la tienda.

—Está bien, Inés. Te lo agradezco mucho.

De esta forma se sentía contenta por echar una mano a su amiga. Necesitaba ayudar. Se había cansado de la superficialidad del mundo en que se había criado. Por supuesto que estaba bien tener dinero, aunque no era lo mejor del mundo. Desde que Jordi falleció, había malgastado miles de euros en cosas superficiales. En cierto modo, el fallecimiento de su marido y la enfermedad de Carmen le habían dado un garrotazo en la cabeza. Había abierto los ojos para darse cuenta de que todo se marchaba tan rápido como llegaba. Sus principios empezaban a cambiar.

Al día siguiente llevó a Carmen al hospital. La acompañó durante el tratamiento, alrededor de dos horas sentada en una butaca azul con el gotero puesto en las venas. El líquido recorría todo su cuerpo, alcanzando los lugares más recónditos y oscuros, atrapando las células enfermas y matando también a las sanas. Todo un ejército de soldados se estaba desparramando en su interior como si se tratara de una batalla campal, el bando de los buenos frente a los agresores. Por supuesto en su imaginación, siempre ganaban los valientes, los más fuertes, capaces de derrotar al enemigo.

Una vez finalizada la sesión, fueron juntas a comer al restaurante del hospital.

—¿Qué tal te encuentras Carmen? ¿Tienes náuseas o mareos?

—Estoy perfecta. Muchas gracias Inés por venir conmigo. Es un poco triste acudir sola a las sesiones. El otro día vi a una mujer muy enferma que no llevaba ningún acompañante y se dirigía a la sala. Me dio mucha pena. Bueno, ¿qué comemos?

—Pues no sé, ¿qué te apetece a ti? En el menú hay crema de espárragos y pollo a la brasa. Yo por lo menos me pido esto.

—Bueno, a mí me gusta más la pasta. Ya sé que estoy un poco gordita, pero ya tendré tiempo de adelgazar —dijo sonriendo Carmen con esos graciosos mofletes.

—Me parece muy bien. Tienes que alimentarte. Lo primero es lo primero. Así que ensalada y pasta, ¿no?

—Sí, eso mismo.

—¡Camarero, por favor aquí! —pronunció airosa Inés.

Carmen no paraba de reír con las conversaciones tan interesantes de Inés. Se notaba su esfuerzo por complacerla y ser una buena anfitriona. Era muy divertida. Ojalá ella pudiera compensarla de la misma manera por la pérdida de su marido.

—¿Mañana entonces tienes la quimio a la misma hora? —le preguntó Inés entonces.

—Sí, a la misma, pero vendrá a acompañarme Olga, me ha dicho que puede —contestó Carmen.

—¿Y cierra la librería?

—Pues no sé. Me dijo que podía venir sin dar más explicaciones.

—La voy a llamar a ver qué nos cuenta.

Inés cogió su Iphone y marcó el número de Olga.

—Hola Inés. ¿Qué tal estás?

—Pues mira estoy con Carmen. Ya hemos salido de la quimio y me ha dicho que mañana vendrás tú para acompañarla y claro hemos pensado si vas a cerrar la librería. ¿Dejarás a tu hermana como otras veces? Si no puedes, yo no tengo ningún problema.

—Ya le dije a Carmen que puedo ir yo. He cerrado la tienda. Me he olvidado de deciros ese pequeño detalle. No hay problema, ¿vale? —comentó Olga algo enfadada.

—Está bien, no te preocupes. No sabía nada. Paso a verte un momento por casa, ¿estás ahí?

—Bueno ahora mismo, sí. A las cinco, voy al cole a recoger a Eva.

—Son las tres. Dejo a Carmen en casa y me acerco.

—Yo te acompaño también, Inés. A ver qué sucede ahora con Olga.

—Y no nos había dicho nada, ¡ah! esta chica… todo se lo guarda para ella —comentó exaltada Inés.

—Es que no quiere darnos la lata, como nosotras tenemos nuestras cosas…

—Ya lo sé, pero las amigas están para darse apoyo unas a otras… y tú te quedas en casa. Necesitas descansar. Luego te llamo por teléfono y te cuento.

—Está bien mamá. Como tú quieras —dijo Carmen con resignación.

Inés brillaba con sumo esplendor, ocupándose de sus amigas. Algo había cambiado en ella desde la muerte de su marido. De repente encontró una verdadera razón en su existencia. Todo lo que había tenido se había volatilizado en unos días: su marido, que la amó con locura y al que pocas veces le dedicó grandes muestras de cariño, todos los viajes que compartieron juntos, sus besos y abrazos, esas noches locas de vino y comida japonesa que acababan con lujuria en la habitación de un hotel de superlujo, o las risas que se escapaban mientras comían un helado en la playa... todo eso desapareció para siempre. Y ese vacío se había ido llenando poco a poco de amor. Amor hacia ella misma y hacia los demás.

Capítulo 6

Tras las primeras semanas después de la quimio, Carmen estuvo realmente aterrorizada. No había estado nunca enferma, salvo algún que otro resfriado y nada más escuchar la palabra "leucemia", le entró un pánico tremendo. Poco a poco, se fue tranquilizando y al experimentar en su propio ser, que el tratamiento estaba siendo muy tolerable, sin apenas sentir ningún tipo de efecto secundario, empezó a alegrarse y a sentirse más viva que nunca, disfrutando más de la compañía de su familia, sus amigas y sobre todo de tener más tiempo para ella, a pesar de que Inés y Olga apenas la dejaban sola. Su madre, que ya estaba bastante mayor, con más de un achaque, no paraba de mimarla y de prepararle comidas ricas; pero por primera vez en su vida, empezó a pensar en sí misma, en su cuerpo, sus necesidades, sus carencias…

Había nacido en el seno de una familia humilde. Su padre, Daniel trabajaba en una fábrica a turnos. Apenas se relacionaba con ella. Siempre echó en falta sus caricias o buenas palabras, aunque después de mucho tiempo, entendió que siempre se ocupó del bienestar de la familia, que nunca les faltara de nada. Murió hacía cinco años de un ataque al corazón. Su madre, Julia, era una mujer fuerte y luchadora. Trabajó algún tiempo en la costura, para ayudar a levantar la casa. Su hermano Lázaro, se había marchado a trabajar a Alemania el año anterior. Era publicista y le salió una buena oportunidad que no podía desperdiciar. Cinco años mayor que ella mantenían una buena relación, aunque algo distante desde su marcha.

Siempre había soñado en tener su propia familia. Anhelaba tener dos hijos y amarlos a cada instante; pero el tiempo era su peor enemigo. Ya había cumplido treinta y dos años y no había ninguna persona en su horizonte que la pudiera colmar de ilusiones.

Desde que estaba de baja, empezó a investigar sobre el tema del cáncer. Acudió a distintas charlas, visitó a más de un especialista e incluso a un dietista, con el que consiguió quitarse seis kilos de encima en unos meses. Ahora comía verduras y frutas cada día, además de las legumbres, pasta y arroz integral. La carne roja la fue descartando poco a poco y alternaba una vez por semana el pescado, pollo y conejo. Incorporó la quinoa, el trigo sarraceno, el mijo y especialmente los zumos naturales. Su silueta resplandecía y sus ojos empezaban a brillar de una forma distinta. Se estaba ayudando mucho a sí misma, a quererse después de ignorarse durante tanto tiempo.

Un día accedió a visitar a Pedro, el terapeuta de Olga, a pesar de no estar demasiado convencida.

La consulta de Pedro estaba situada en el barrio de Horta. Nada más llegar, una joven ayudante les abrió la puerta y les indicó una sala de espera.

—No sé todavía que hago aquí, Olga. Creo que me estoy curando muy bien, sin la ayuda de nadie —dijo algo enfadada Carmen.

—Bueno, no pasa nada, si no te gusta, ya no vienes más. A mí me ha ayudado mucho en las últimas semanas —comentó la otra con una sonrisa franca.

Pedro apareció sonriente por la puerta. Con la mirada amable se dirigió hacia las dos mujeres.

—Hola Olga, ¿Cómo estás? Veo que hoy vienes acompañada.

—Sí, traigo a mi amiga Carmen. A ver si la puedes ayudar —explicó Olga con tranquilidad.

—Claro que sí. Vamos Carmen, entra a ver qué puedo hacer por ti —alentó Pedro con entusiasmo. ¿Te quedas aquí, Olga, por favor?

—De acuerdo, me espero.

—Bueno, dime ¿qué te sucede? —le preguntó a ella.

—Estoy recuperándome de una leucemia. He leído mucho sobre el tema del cáncer, la alimentación... y se habla de la parte psicológica que es muy importante... en fin por eso estoy aquí —dijo con voz dudosa Carmen.

—Un cáncer es realmente una enfermedad importante, como para darse cuenta de que en la vida hay algo que falla. Puede ser la familia, el trabajo, las amistades, la pareja... tal vez algún tipo de resentimiento e incluso cierto odio hacia alguien. También falta de autoestima...

—Sí, si ya sé... intento mirar el recorrido de mi vida con objetividad. Creo que he sido una persona feliz hasta hace unos años. Crecí en una familia sencilla, sin grandes lujos, aunque con todas las necesidades cubiertas. Siempre he tenido mejor relación con mi madre. Mi hermano y mi padre en cambio han estado más unidos y entre nosotros siempre ha habido un poco de distancia, tampoco ningún tipo de odio...

—Perdona que te interrumpa —comentó Pedro—. ¿Y no has echado de menos tener una relación más cercana con tu padre y tu hermano? Puede ser una carencia.

—Sí, efectivamente… mi padre murió hace unos años. Y mi hermano está trabajando en Alemania. Ahora poco puedo hacer…

—Siempre puedes arreglar las cosas. Deberías intentar aproximarte un poco más a tu hermano y sobre todo que no haya ningún tipo de celos o resentimiento… puede que no te des cuenta de ello, aunque a nivel del inconsciente existan esas emociones.

—No sé, la verdad… quiero a mi hermano a pesar de que tampoco sea un gran confidente.

—¿Y el trabajo qué tal? ¿Estás a gusto? ¿Te tratan bien? ¿En qué trabajas? —le preguntó Pedro.

—Pues soy secretaria del director comercial de una empresa dedicada al tema del deporte.

—Caray, es un buen cargo. Mucha responsabilidad, ¿no? Supongo que exige un alto nivel de disciplina y discreción…

—La verdad es que sí. He pensado muchas veces en que últimamente no me siento tan feliz como al principio de empezar en la empresa. Mi jefe es bastante duro y apenas puedes opinar o discutir sus decisiones. Su palabra es la única que cuenta…

—Pues aquí puedes tener una clave —explicó Pedro con tranquilidad—. Como dice un colega mío, Enric Corbera has de "darle la vuelta a tu vida como a un calcetín". Algo hay en tu vida que no marcha bien y la enfermedad es tan solo un síntoma. Es una alarma a la que debes prestar atención. Tu obligación es sanar tu mente para que nunca puedas padecer una enfermedad. Has de revisar todos los campos que tienes a tu alrededor y buscar el punto que te puede molestar. Ahí estará posiblemente el origen de todo.

—Pero ¿el cáncer también es genético? —pronunció Carmen.

—Puede serlo, indudablemente; sin embargo casi siempre hay una emoción oculta que produce la chispa de esa célula maligna en el cuerpo y a partir de ahí se va extendiendo sin apenas enterarnos. Cuando sanas tu mente, sanas tu cuerpo. Es así de sencillo.

—Yo no puedo curarte y nadie puede hacerlo por ti. La que realmente se tiene que curar eres tú, dándote cuenta del daño que te produce algún pensamiento en el cuerpo, que se traduce en una emoción... por eso es muy importante prestar atención a los pensamientos. Que sean positivos siempre o el mayor tiempo posible. También hay que cuidar las palabras. No emitir ningún tipo de juicio sobre nadie y sobre nada. Todo se puede volver en contra tuyo. ¿Conoces la Ley universal de Causa y Efecto?

—Sí. Todo lo que pensamos o hacemos, tiene una consecuencia positiva o negativa en el Universo, depende de ese pensamiento o ese acto. Popularmente siempre se ha dicho, recogerás todo lo que siembras...

—Efectivamente, pero casi nadie se detiene en conocer esta Ley. Si la gente la conociera realmente no estaríamos en el mundo en el que nos encontramos, llenos de desgracias, hambre, guerras, etc.

— Pensaré largo y tendido sobre todo lo que me has dicho... —contestó Carmen con cierto aire de preocupación.

—No pasa nada. Todo está bien. El pasado ya no está aquí, así que no puedes pensar más en él. Cíñete al presente, sobre el que puedes sentar las bases del futuro. Y a ser valiente. Quítate de encima todo lo que te molesta, lo que te pesa. Libera todas las cargas y aprende a vivir con sencillez y humildad.

—Muchas gracias Pedro, por todo...

—Ven a verme cuando lo necesites. Ya veo que por tu cuenta has realizado parte del trabajo. Aquí estoy para lo que quieras. Y recuerda que sanando tu mente, sanas tu cuerpo.

Así fue la primera visita de Carmen. Se quedó realmente sorprendida y no pudo negar que había tocado algunas teclas de su fibra sensible.

—Vamos Carmen ¿te ha gustado? ¿A que te ha sorprendido?

—Me ha dejado estupefacta, Olga. Tengo que cambiar muchas cosas y no sé por dónde empezar —dijo ella preocupada.

—Pues empieza por lo más fácil. Haz una lista de los deseos que quieres en tu vida y vas tachándolos conforme los vas consiguiendo… así de fácil —sonrió su amiga con ligereza.

—¿Tú también estás cambiando cosas, Olga? —le preguntó asombrada Carmen.

—Pues claro, ¿qué te crees? Y también Inés ha venido a la consulta.

—O sea que las tres hemos fichado con Pedro. Vaya tela…

—Sí, pero por eso mismo estamos cambiando… después de las bofetadas que nos ha dado la vida, somos fuertes, luchadoras y sobre todo empezamos a ser conscientes de nosotras mismas. No podemos permitir que nos hunda una enfermedad, la muerte de una persona, o la pérdida de un trabajo. Todo tiene que fluir y para que nazca algo nuevo, tiene que morir lo viejo, lo que ya no nos sirve, lo que nos molesta o agota. Hay mucha gente tóxica alrededor nuestro que le encanta nutrirse de nuestra energía. Son unos "vampiros". Son las típicas personas que critican constantemente y son negativas rechazando cualquier propuesta y todo lo ven oscuro. O las manipuladoras que te llevan siempre a su terreno de una manera muy sutil. Hay que alejarse de este tipo de gente, porque no te aportan nada, todo lo contrario, te hunden cada vez más y al final acabas con una depresión.

—Las emociones hay que trabajarlas para que no nos hagan daño, sobre todo las negativas. El dolor, la muerte, la enfermedad siempre nos causarán daño… somos seres humanos —comentó Olga más tarde—. Y ese daño lo tenemos que transformar en aceptación. Cuando aceptamos todo lo que nos viene, somos capaces de sonreír siempre a la vida. Cada una de nosotras tenemos que aprender nuestra propia lección… por eso estamos aquí.

—Sí eso es cierto, desde luego. Yo ahora empiezo a ver a mi enfermedad como a una vieja amiga. Gracias a ella, tengo tiempo para reflexionar y cambiar muchos aspectos de mi vida: la alimentación, mi forma de ver el mundo, a los demás. Indudablemente cuando sucede algo importante, todo cambia y tú eres la primera que vives ese cambio.

—Mírame a mí, Carmen, sin trabajo… y feliz. Ahora puedo estar contigo y disfrutar de mi hija… Y luego tenemos a Inés, de ejemplo. Ella también es una mujer fuerte que ha salido para adelante…

—Somos tres buenos ejemplos de supervivencia, ji ji…—dijo Carmen entonces.

La vida siempre gana

Capítulo 7

—¡Vamos chicas a realizar ese viaje del que siempre hemos hablado! —dijo exultante Olga, mientras tomaban café una mañana de domingo del veintiséis de junio de dos mil once.

—Es verdad, aprovechemos la ocasión —comentó Carmen casi curada de su enfermedad— antes de que empiece el trabajo.

—Pues sí me parece una buena idea —contestó Inés mientras sorbía las últimas gotas de su café con leche.

—¿Para cuándo entonces? La última semana de julio, hemos dicho, ¿no? —exclamó Olga—. Lo digo para organizarme con Iván. Dejaré a Eva con su abuela unos días.

—Anda, cariño que tu marido sabe cuidarse muy bien solito. Así estará a sus anchas... —comentó sonriendo Carmen.

—Seguro que se les apaña perfectamente. No le daré la paliza con la lavadora o la plancha... ji ji...

—Bueno, ¿y dónde vamos? Hemos hablado de muchos sitios, Roma, París, Nueva York, Irlanda... —dijo completamente entusiasmada Carmen.

—¿Y por qué no nos quedamos en España? ¿Nos vamos a Galicia, Asturias...? Por lo menos comeremos mucho mejor —dijo Olga.

—En eso tienes razón y el clima siempre nos acompañará. Ahora tenemos que escoger el destino. Yo voto por Salamanca —comentó Carmen.

—¿Salamanca?… hace mucho calor en verano —pronunció Olga bastante acalorada.

—¡Qué va! Tampoco hace tanto calor. Refresca mucho por la noche —replicó Carmen.

—Bueno, vaya chicas… no hace falta que vayamos tan lejos. Podemos ir a un pueblo de la Costa Brava. Vamos con mi coche y tenemos todo lo que queramos… mar, montaña y buena comida… —dijo Inés con entusiasmo.

—Tal vez tengas razón. Pues a Cadaqués. Es un lugar precioso y pintoresco. Estuve hace mucho tiempo y ya no he ido más… —comentó Olga contenta.

—Vale, vale, pues a Cadaqués. Podemos acercarnos algún día a Francia y visitar Carcassone, es precioso… —añadió Inés.

—Me parece bien… vamos haciendo sobre la marcha.

Olga estaba entusiasmada aquel día pensando en esas vacaciones. Hacía tiempo que quería desconectar, pensar en ella misma. Desde que había cerrado la librería se había ocupado la mayor parte del tiempo de su hija y su casa. Necesitaba un trabajo y no quería pedir ayuda a Inés, que seguro que le proporcionaría alguna cosa en seguida. Deseaba valerse por sí misma. Con el sueldo de Iván iban tirando aunque sin apenas lujos… Hacía muchísimo tiempo que no salían a cenar o al cine. Aprovechó también para estar con su amiga y cuando Carmen mejoró recibió unas cuantas clases de inglés. Envió bastantes currículums sin ningún éxito, aunque no dejaba de rendirse por encontrar pronto un trabajo.

Su relación con Iván, se había enfriado ligeramente. Desde que ella dejó de trabajar, su marido aumentó la jornada y cada día llegaba casi a las nueve de la noche, por lo que casi no tenían tiempo de hablar. Los fines de semana los dedicaban a la niña, a patinar juntos, a la piscina, a visitar a los abuelos… apenas tenían horas para conversar, ir al teatro o salir a cenar.

Eva iba creciendo a pasos agigantados. Con ocho años ya parecía realmente una niña lista e independiente. Se ponía a jugar con sus muñecas largas horas en la habitación sin aburrirse. Luego cogía sus cuentos y los leía una y otra vez con entusiasmo como si fuera siempre la primera vez. Desde que Olga pasaba más tiempo con su hija, se sentía más feliz, compartía secretillos del cole y estaba más tranquila. Por lo menos alguna cosa buena había ganado, estar en casa. Su hija pronto crecería sin darse cuenta y no quería perderse todos esos momentos inolvidables.

La amistad con Carmen había crecido también en ese último año. La había acompañado al médico siempre que podía y a menudo comían juntas. Ya era casi prácticamente como una hermana. También tenía más tiempo para Inés, aunque a veces se mostrara un poco distante con ella. Quizá su debilidad por Carmen era notoria en aquel período de la vida, que se encontraba enferma. Lo cierto es que las tres habían formado un buen equipo y ya no sabían estar mucho tiempo solas, una sin las otras, por eso anhelaban tanto ese viaje.

Capítulo 8

Desde que Inés empezó a visitar al terapeuta Pedro, había experimentado también un gran cambio en su vida. Poco a poco curó sus heridas después de la muerte de su marido. El mundo al que estaba acostumbrada de grandes lujos, compras y moda le resultaba ya tremendamente superficial. La casa en la que vivía era demasiado grande para ella por lo que decidió venderla y comprarse un ático por la zona del Eixample. Allí también disponía de una terraza para sus plantas y el piso contaba con una extensión de ciento veinte metros cuadrados, lo suficiente para sentirse a sus anchas. Ella misma se ocupó de la decoración, comprando muebles de segunda mano y restaurándolos, pintó las paredes de blanco y bermellón y confeccionó sus cortinas, dejándolo totalmente confortable.

Cada día se daba más cuenta de que las cosas sencillas tenían más valor. Aprendió a cocinar, elaborando recetas originales de su abuela, insistiendo especialmente en la comida vegetariana. A Carmen le convenía ese tipo de dieta para depurar su organismo después de los tratamientos y a ella le gustaba experimentar y probar cosas nuevas, con tofu, bulgur o quinoa.

Decidió abrir otro pequeño negocio, una cafetería cerca de casa, "Ines Coffee" en dónde se podía tomar un zumo natural de remolacha, manzana y pepino al mismo tiempo que un café con leche. O un croissant artesano a la vez que una tostada de pan dextrinado con tahin. Había que ayudar a que la gente comiera otras cosas, sin azúcar, para mejorar su salud o por recomendación médica.

Cada vez se sentía más ocupada y con mayor energía para afrontar el día. Pidió ayuda para los varios negocios que había montado y pensó en Olga desde el primer momento, que estaba en el paro. A ella le habría venido de perlas trabajar con su amiga en la cafetería, pero no estaba segura de unir amistad con la faena, así que lo rechazó muy a su pesar. No era la primera vez que escuchaba que muchas amistades se venían abajo cuando se unían lo laboral con lo personal.

Inés contrató a una conocida suya, Leonor, que resultó ser una persona muy eficaz para atender a los clientes y a David, un joven de veintitrés años, vecino del barrio, muy atento y divertido.

Al final dejó de lado muchas de las personas con las que había tratado en su vida, por frívolas y chismosas. La mayoría de ellas seguían felizmente casadas con sus maridos, acudiendo a grandes fiestas, gastando miles de euros en vestidos, zapatos y bolsos o en tratamientos de estética. No podía soportar ya esa clase de vida.

Vendió parte de su ropa y otra la regaló a sus amigas y vecinas. Se acostumbró a comprar en mercadillos, e incluso aprendió a diseñarse sus propios vestidos. Nada que ver con la Inés de hacía un año, vestida de Gucci o de Armani.

Un buen día dijo a sus amigas que necesitaba marchar lejos una temporada. Deseaba ir a India y cooperar con alguna ONG.

—Ya sabes Carmen que es una idea que siempre me ha rondado por la cabeza —comentó aquella mañana mientras tomaban un delicioso zumo de pera, apio y pepino.

—Ya lo sé Inés, pero no necesitas irte lejos para encontrarte a ti misma, o ser más espiritual. A tu alrededor hay mucha gente a la que puedes ayudar. De hecho, ya lo estás haciendo.

—Sí, es verdad. Pero allí está trabajando la ONG "SOS MUJER" para las mujeres viudas de India y es un tema en el que me apetece mucho colaborar.

—Bueno, pero antes de irte, tenemos que hacer nuestro viajecito, ¿no? —preguntó alterada Carmen.

—¡Claro que sí! Primero la salida a Cadaqués y después el viaje a India —contestó muy segura de sí misma la otra.

—Me gustaría acompañarte. La verdad es que no me apetece mucho regresar al despacho y volver a lo mismo de antes —comentó con un tono triste Carmen—. Siento que he cambiado en todo este tiempo y ya no me gustan las mismas cosas. No sé... estoy un poco confundida.

—Pues ven conmigo. Seguro que lo pasaremos bien juntas. Será un viaje duro, eso ya lo tengo muy claro aunque muy enriquecedor —respondió Inés con la sonrisa en la boca.

—Bueno, lo pensaré...

—Como quieras. Aún tienes tiempo. El viaje lo tengo previsto para octubre —dijo entonces Inés.

A Carmen le encantaba compartir los almuerzos con Inés. Siempre le preparaba alguna comida exquisita. Le hubiera gustado trabajar en su cafetería aunque tampoco se lo había planteado ella. Quizá era demasiado exigente dada su salud delicada. Ese temor le corría por la sangre constantemente. Su enfermedad era muy tratable pero podía volver de nuevo. Era de las llamadas crónicas. Eso la empezó a marcar un poco y no veía el momento de regresar al trabajo. Sus últimos análisis ya estaban perfectos y debía incorporarse después del verano. Recordar el constante estrés en el que estaba inmersa le preocupaba un poco, aunque al mismo tiempo se decía a sí misma que en cualquier trabajo había bastante de eso. Desde el conductor de autobuses, hasta el camarero de un restaurante o un cirujano. ¿Quién no padece estrés hoy día en la sociedad en la que vivimos? Solo se podía librar de dicho estigma, el granjero, lejos del mundanal ruido o el monje budista, en realidad muy pocos. Lo importante era saber encauzarlo —le comentaba su terapeuta—, llevarlo de la mejor manera posible, sin que te afecte emocionalmente.

—¿Y de verdad me ves a mí en India, Inés? Yo es que no me imagino.

—Quizá no te lo habías ni planteado —le comentó su amiga, al mismo tiempo que acababa de sorber el último trago de su zumo de manzana, pero es una oportunidad de cambio, o al menos yo así lo veo. No te preocupes ahora de eso, vamos a pensar en nuestro viaje, ya verás lo bien que lo pasaremos.

Capítulo 9

—Anda que no te llevas nada, ¡hija!, para una semana que vamos a estar fuera —le decía con cierta ironía Carmen a Olga.

—Es que hace tanto tiempo que no salgo, que quiero lucir mis trapitos —comentaba con una amplia sonrisa—. Mi marido no está muy contento con esta salidita. Dice que no estamos para gastos. Ya le he contestado que necesito este viaje para pensar a ver qué hago con mi vida y para alejarme un poco de la monotonía.

—Tranquila Olga —le replicaba Inés—. No hay nada como salir una primera vez fuera de casa que ya piensas en la próxima escapada.

—Bueno, Inés, tampoco es eso, aunque sí que es verdad que me apetece mucho hacer una salida de chicas. Hace tiempo que no me desmadro. Desde que nació Eva, el sentido de la responsabilidad está siempre conmigo acompañándome. No hagas eso, no hagas aquello, ya eres una señora mayor… ¡Madre mía!, estoy un poco cansada de sentirme adulta. Ahora quiero ser una adolescente, por lo menos durante unos días.

—¡Uff!, que par de locas —insinuaba Carmen—. Os voy a tener que controlar.

—Nada de eso, cariño. Y tú también deberías soltarte un poco, ¿no crees? —le insinuó Olga entonces.

—Pues tienes razón. No me vendría mal… después de todo, me cuesta recuperar mi manera de ser desenfrenada y loca, ji ji ji…

—¡Eh! ¡Eh! chicas, todo con mesura —dijo entonces Inés.

Y con el equipaje preparado montaron en el coche rumbo a la Costa Brava.

El tráfico iba bastante fluido aquella mañana así que no tuvieron ningún atasco en la carretera. Al mediodía estaban llegando a su destino y se dirigieron al Hotel Sol Ixent en la Calle Sant Baldiri. Allí se acomodaron sin ningún problema en una habitación doble con cama supletoria.

Una vez colocaron la ropa en las perchas correspondientes, se estiraron las tres en la cama, contentas de la aventura. Después de todo, era la primera vez que iban a estar juntas tanto tiempo. Puede que la convivencia no fuera la deseada, de todas maneras, estaban infinitamente exultantes por esas vacaciones.

—¡Qué día tan fantástico, vamos a la piscina a darnos un baño! —comentó radiante Carmen.

—Me parece una buena idea. Nos pegamos un chapuzón y luego buscamos un lugar para comer, ¿no os parece chicas? —dijo Inés de manera sentenciosa.

—¿Y por qué no vamos a buscar el restaurante ya y después nos vamos a la piscina? Son casi las dos de la tarde y luego todo está a reventar… —dijo Olga—. Podríamos comer aquí mismo en el hotel. Y por la noche ya buscaremos otro sitio…

—¡Jo que aguafiestas!… ¡A nosotras nos apetece darnos un baño, hace mucho calor…!

—Bueno, bueno, pues venga, vamos a la piscina y si comemos a las cuatro de la tarde pues no pasa nada… al fin y al cabo estamos de vacaciones.

Así empezaron las pequeñas desavenencias entre ellas. Siempre había una que llevaba las riendas del poder, que solía ser Inés o Carmen, mientras que Olga tenía casi siempre que conformarse con lo que decían las otras. Tres noches seguidas durmió en la cama pequeña y las ideas que proponía no llegaban a su fin. Un día propuso visitar Figueras, y sus dos amigas se encontraban cansadas y no fueron. En otra ocasión comentó de coger un barquito y visitar otro pueblo de la Costa Brava y tampoco quisieron. Menos mal que soportaba bien estos pequeños inconvenientes y al final se trataba de salir de casa y disfrutar del tiempo libre. No añoró apenas a su marido. En los cuatro días que llevaba fuera, se llamaron en dos ocasiones.

De repente, aquella mañana sería distinta para todas, aunque indiscutiblemente nadie tenía ni idea. Estaban las tres amigas preparando la ropa de baño, para irse a la playa.

—Yo me llevo este pareo rojo, que combina mejor con este biquini —decía Inés toda orgullosa.

—Sí claro, como tienes varios modelitos —respondía un poco refunfuñando Olga—. Yo solo tengo este biquini y este pareo.

—¡Anda, chica! Coge este mío., yo he traído cuatro biquinis. Estos no los he regalado a nadie. ¡Toma este verde, que es muy chulo! —le decía amigablemente Inés.

—No, es igual. Ya tengo suficiente con el mío —insistía en un tono borde la otra.

—Anda, chicas, no os enfadéis —saltó enseguida Carmen—. Y a ti Olga, ¿qué te pasa? ¿Por qué te has puesto así de tiesa?

—Es que me estáis ignorando constantemente. Todo lo que digo nunca os parece bien. No sé lo que os pasa. Me siento como si no existiera. Realmente, parece que no os conozco. No sé…

—Pero Olga, ¿cómo puedes decir esto? Yo no creo que te hayamos tratado de una manera distinta —dijo Carmen toda alarmada—. Y si por mi parte he hecho alguna cosa que no te ha gustado, te pido disculpas, no era mi intención.

—Ni tampoco la mía —prosiguió Inés. Estamos aquí todas porque nos queremos y nos respetamos. Hemos planeado este viaje desde hace tiempo.

—Pues no sé —comentó entonces Olga—. Igual soy yo la que ha cambiado y ya no sabe adaptarse al grupo.

—Creo que estás pasando por un mal momento. De verdad ¿estás bien con Iván? Apenas has hablado con él estos días. ¿No te parece un poco extraño? —dijo con una sagaz mirada Carmen.

—No sé. Yo le sigo amando; sin embargo, el tiempo y las circunstancias han enfriado un poco la relación. Últimamente apenas hablamos entre nosotros de otra cosa que no sea sobre la crisis, ahorrar y la niña. Nuestra vida íntima se está yendo a pique y él no hace más que alargar la jornada laboral. Ni siquiera hemos planteado sacar el tema –continuó Olga—. Pero esto no quita, lo que he observado estos días. Si doy una opinión, la vuestra es la contraria y la mejor. Si propongo una excursión, tampoco os parece bien. Os veo a las dos realmente cómplices y buenas amigas y siento que me dejáis de lado… —echándose a llorar.

—Cariño, no era nuestra intención dejarte de lado, ni mucho menos, Olga, puede ser que nosotras congeniamos más por nuestro carácter. Eso es todo —dijo rotundamente Inés—. Hoy haremos lo que tú digas. Anda, di dónde quieres ir.

—Me es igual. A la playa, como habíamos pensado.

—Pues ya está. Ya lo habíamos decidido, ¿no?

—Sí, es cierto.

—Venga, vayamos pues —dijo finalmente Olga.

Cuando llegaron a la playa, tanto Carmen como Inés se lanzaron corriendo al agua.

—¿Quieres venir con nosotras? —alentó Carmen.

—Alguien se tiene que quedar a cuidar las cosas. Anda, id vosotras que luego me bañaré yo.

Olga se quedó tumbada en la playa. Estaba empezando realmente a sentirse triste y sola en medio de la multitud. No sabía qué le estaba sucediendo. Era como si se estuviera rompiendo por dentro. Entonces una sombra se aposentó frente a ella. Se levantó un poco asustada y un rostro familiar la estaba mirando extrañado:

—Olga, ¿qué haces aquí? —comentó él.

—¡Miguel!, ¡qué sorpresa!… ¡qué pequeño es el mundo! —dijo sonrojada Olga—. Ya ves, he venido con unas amigas a pasar una semanita.

—Yo con unos amigos. Están en el agua… Acabamos de llegar hace unas horas… estaremos hasta el sábado —dijo él un poco torpe.

Miguel fue más que un compañero de la facultad de Periodismo. Se conocieron en segundo de carrera y su amistad y compañerismo se prolongó hasta el último curso. Siempre hubo mucho entendimiento y complicidad entre ambos. Quizá hubieran podido llegar a más, pero el noviazgo de Olga con Iván, el último año de carrera fue un inconveniente. Miguel asistió a su boda y después dejaron de verse e incluso de comunicarse. El último email de Miguel era para decirle que se casaba en Madrid con Laura.

—Y Laura, ¿qué tal está? Tenéis hijos. Hace mucho tiempo que no sé nada de ti. ¿Qué casualidad que nos hayamos encontrado, de verdad?

—Pues hace un año que me he divorciado y he vuelto a Barcelona. Nuestro matrimonio fracasó casi desde el primer momento. Menos mal que no tuvimos hijos… y a ti, ¿cómo te va la vida? —preguntó Miguel.

—Trabajaba en mi propia librería desde hacía diez años y la crisis pudo con ella. Hace seis meses que estoy en el paro. Tengo una hija estupenda que se llama Eva y se ha quedado con su padre. Y bueno, no me va mal la vida con Iván… —dijo con un tono lastimero.

—Pues con esa voz no ha sonado muy bien… —se atrevió a decir él.

—Siempre tan arriesgado… Miguel. Anda siéntate aquí conmigo un rato.

Aparecieron las dos amigas extrañadas ante la presencia del guapo muchacho.

—Hola ¿quién eres? —preguntó curiosa Carmen, comiéndoselo con los ojos.

—Me llamo Miguel, soy un antiguo amigo de Olga.

—Vaya, vaya… no nos habías dicho nada.

—Yo soy Inés. Me alegro de conocerte.

—Vamos Carmen, iremos al chiringuito a buscar unos refrescos. Hasta ahora —dijo perspicaz Inés.

—Son guapas tus amigas —comentó entonces él—. ¿Están solteras?

—Pues sí. Tienes suerte. Inés es viuda y Carmen soltera y sin compromiso —respondió con frialdad Olga.

—Y tú también estás muy guapa... —dijo sonriendo Miguel—. Y la miró con cierto aire de lujuria.

—Gracias, tú tampoco te conservas nada mal. El tiempo ha sabido cuidarte...ja ja... ¿y qué es de tu vida? ¿Conseguiste aquel trabajo de periodista que deseabas tanto?

—Pues sí. Trabajo de redactor jefe en El País. He conseguido traslado en Barcelona como te contaba antes. Y acabo de publicar mi primera novela.

—No me digas. ¿Cómo se titula?

—"Llegaremos antes al paraíso". Trata sobre la vida, sus alegrías y sus tristezas. Hay un poco de todo. Misterio, amor, muerte...

—Ostras, pues ya me avisarás para la presentación. Me encantaría ir —comentó entusiasmada Olga.

—¿Te gustaría cenar conmigo esta noche? Tus amigas pueden estar solitas sin ti un rato ¿verdad?

—Por supuesto. Se defienden muy bien. Les podemos presentar a tus amigos. Igual hacen migas con ellos.

—Puede ser, nunca se sabe. Vale pues os los presentaré. ¿En qué hotel estás alojada?

—En el Sol Ixent, Sant Baldiri, 10.

—Yo también estoy alojado, ahí, ¡qué fuerte! —comentó Miguel con sorpresa. Pues quedamos a las nueve en el Hall, si te parece bien.

—Perfecto —dijo Olga.

Cuando volvieron Inés y Carmen empezó el tormento de las preguntas. Miguel ya se había marchado no sin antes presentar a sus amigos Carlos y Roberto. Aquella noche todo el mundo tenía planes. Miguel con Olga y las otras chicas con los nuevos colegas.

—Pero ¡qué callado lo tenías! Es un chico muy majo, Olga —comentó con insistencia Carmen—. Me podrías haber preparado una cena con él. Tú ya estás casada.

—¡Qué fresca eres! Es un antiguo amigo de la Facultad. Hacía años que no nos veíamos. Nos tenemos que poner al día, ji ji ji… —dijo ella sonriendo.

—Se te ve muy feliz, —saltó Inés entonces—. Me alegro por ti. Es la primera vez en todo el viaje que realmente se te ve contenta. Pero ten cuidado. Parece un hombre muy persuasivo…

—Y vosotras ¿qué? Los otros no están nada mal.

—Bueno, el más atractivo es Miguel, desde luego. Nunca se sabe —comentó Carmen entonces— lo que puede pasar en una noche.

—Desde luego. Un solo momento puede cambiar el transcurso de una vida —dijo solemne Inés—. Yo no estoy preparada todavía para nuevas aventuras.

—Ya hace un año de lo de Jordi. Tienes que pensar en divertirte un poco —alegó Olga risueña.

—Ya lo sé. Aún lo tengo en mi cabeza. Aún no he pasado página. Además, he cambiado mucho en estos últimos meses. Ya lo sabéis vosotras. Me va el rollo de las ONG, de ayudar a los demás, India… en fin el tema de la solidaridad.

—Es muy bueno que pienses así. Pero no pasa nada porque te diviertas una sola noche. Además, es nuestra última noche, te recuerdo. Mañana nos volvemos a casa —comentó con un tono triste Carmen.

Última noche de Olga y Miguel

Olga estaba muy nerviosa cuando llegó a la entrada del hotel. Iba con un bonito vestido ibicenco y el pelo recogido en un moño, con un aire desenfadado. Apenas se sostenía en sus tacones y allí estaba él. Todo de blanco, respirando tranquilidad como si fuera un yogui.

Desde que lo había visto en la playa, algo se estaba despertando en su interior. Tal vez era su sexualidad dormida o puede que sus palabras la atravesaran como puñales. Deseaba besarlo, abrazarlo... sonreírle hasta el amanecer. Estaba realmente guapo esperando su presencia y apenas había empezado la noche.

—Hola Miguel, ¿qué tal? Ya estoy aquí.

—Sí es verdad, por fin... estás realmente impresionante.

—Gracias. ¡Tú también estás guapo! Anda, vamos a cenar... ¿qué te apetece?

—Pues a mí comida japonesa. ¿Te gusta Olga? Cerca de aquí hay un Japo que me han dicho que está bien.

—Bueno, como quieras... aunque soy bastante torpe con los palillos.

—Es cuestión de acostumbrarse, no pasa nada.

—Ya, pero salgo poco... últimamente cuando salimos a cenar, no pasamos de las patatas bravas o de los calamares fritos. Y si no, vamos a McDonald's que a mi hija Eva le encanta.

—Ya se sabe… los críos son amantes de las hamburguesas y de las pizzas.

Ya estaban cenando en aquel pequeño restaurante de la esquina. Habían pedido tempura, yakisoba, sashimi de atún y de salmón. Mientras, iban conversando animadamente:

—Como te decía, Eva ha cumplido ocho añitos… está preciosa. Mira, te enseño esta foto que he recibido esta mañana por Whatsapp. Está con su vestidito verde haciendo muecas. Es muy lista, ¿sabes? Ojalá no cambie. La adolescencia es muy dura.

—Tienes razón. Cada vez es más difícil ser padres. Yo lo veo por mi sobrino, que acaba de cumplir los catorce y se ha vuelto rebelde contra el mundo.

—Bueno, cambiando de tema, qué sorpresa encontrarte aquí. Nunca pensé en que volviéramos a vernos…

—Yo tampoco. Cuando fui a tu boda, creí realmente que sería la última vez. No sé, no conozco mucho a tu marido, pero es que tampoco me cae demasiado bien, lo he visto siempre frío y distante.

—Es así con la gente que no conoce, normal; pero es cariñoso y está loco por su hija.

—Y tú, ¿le amas de verdad?

—Es un amor distinto de los adolescentes. Ya no se siente la misma locura, esa pasión ciega que no te deja pensar y te hace perder el control. Ahora todo es tranquilo… hay paz.

—Pero tiene que haber un punto de locura, en algún momento… si no se puede llegar al aburrimiento, ¿no crees?

—Es posible, pero cuando tienes un hijo, todo cambia. Tus prioridades son otras. Solo piensas en ellos… y te olvidas un poco de ti mismo.

—Pues sinceramente, Olga, creo que nunca debemos olvidarnos de nosotros mismos. Tenemos que perseguir siempre nuestros sueños y no quedarnos adormilados.

—Es tu punto de vista… no tienes hijos.

—Puede ser… puede que tengas razón.

En ese momento, Miguel cogió la mano derecha de Olga y se la llevó a los labios. Después la besó dulcemente y ella no pudo evitar sentir un gran escalofrío recorriendo todo su cuerpo. Su mente se negaba una y mil veces que aquello no estaba sucediendo. Ya iban por los postres y la noche empezaba a nacer para ellos. Sus miradas se encontraron y de repente se quedaron en silencio sin saber qué palabra pronunciar.

—No puede ser, Miguel. Lo siento pero estoy casada.

—Pero qué sucede… no pada nada. No hemos hecho ninguna cosa rara. Solo te he dado un beso…

—Ya… pero todo empieza por un beso… y de verdad es mejor así. No quiero complicarme la vida. Por favor llévame al hotel.

—¿Te apetece una copa? Nada más… en serio… y siento mi comportamiento pero sigues siendo la mujer que he deseado siempre. Nunca fui capaz de decirte nada y perdí la oportunidad de mi vida. Tendría que habértelo dicho hace mucho tiempo… y no fui capaz… ahora es demasiado tarde.

—¡Dios mío! ¿Y por qué no me dijiste nada Miguel? Yo también te amaba pero pensaba que no sentías nada por mí… y me casé con Iván porque me sentía sola, necesitaba estar acompañada, formar un hogar y todas esas tonterías que siempre nos han dicho. Pero jamás he sentido por Iván lo mismo que por ti… y ahora es muy tarde… ya no se puede hacer nada…

Y Olga se levantó corriendo de la mesa llorando desconsoladamente dejando boquiabierto a Miguel y la dejó escapar una vez más, sintiendo un dolor tan agudo en su corazón que pensaba que se moría allí mismo. No supo reaccionar. Al cabo de unos minutos salió del restaurante buscándola. Fue hasta el hotel y preguntó por el número de su habitación. Cuando llamó a su puerta, le abrió Carmen y le dijo que se marchara y la dejara en paz.

Última noche de Carmen e Inés

Aquella noche quedaron ambas amigas con Carlos y Roberto. La verdad es que tampoco tenían demasiadas ganas de estar con ellos... preferían estar solas. Lo pasaban bien juntas y era su última noche. Habían planeado cenar algo rápido y luego poner una excusa para desaparecer, como que habían quedado con otros amigos para una copa, pero el plan se les fue al garete también. Carlos resultó ser un tipo atractivo e interesante para Inés. Era cooperante de Cruz Roja y había estado en India, por lo que prácticamente estuvieron ambos charlando de forma animada desde el primer momento. Carmen se aburría como una ostra con Roberto. Era soso y tan callado que no podía sacarle una sonrisa o una palabra, así que estaba deseando acabar con aquella cena para regresar al hotel. Ya se estaba dando cuenta de que Inés se iría con el otro y la dejaría sola.

Acabaron de cenar y Carlos propuso tomar una copa en un lugar de moda. Carmen dijo que estaba cansada y regresaba al hotel y Roberto puso de excusa que había quedado con otra gente. La noche fue intensa para Inés y su recién amigo. Tomaron varias copas de cava y no pararon de charlar de sus vidas:

—¿Y cuándo dices que murió tu marido?

—Hace poco más de un año. Y claro, mi vida ha cambiado tanto... aún lo sigo echando de menos, pero no siento ese apego terrible que tenía al principio. Poco a poco los recuerdos se van alejando, formando parte de mí, como pequeñas piezas de un rompecabezas que se integran por completo.

—Yo perdí a mi novia en un accidente de tráfico hace dos años, por eso he sentido el dolor en mi propia piel y he sufrido lo indecible. Solo nos quedaban tres meses para casarnos…

—¡Qué duro, chico! Lo siento también. Perder a un ser querido es de lo peor que nos puede pasar. No estamos acostumbrados a ver la muerte como parte de la vida, cuando en realidad lo estamos viendo a diario. En la televisión, el periódico, tu vecindario… En la escuela no nos enseñan a como enfrentarnos a situaciones duras… una enfermedad, el fallecimiento de tu hijo, perder un trabajo…

—Por eso me hice voluntario de la Cruz Roja… era una forma de olvidarme de mí mismo y volcarme en los demás.

—Cierto, por eso quizá me apetece tanto ir a India…

—Me gustaría volver a verte… he disfrutado mucho esta noche. Hacía tiempo que no lo pasaba tan bien… ¿vives en Barcelona?

—Sí claro, te daré mi teléfono… yo también lo he pasado muy bien… aunque no sé si estoy preparada aún para tener otra relación…

—Bueno, eso lo que tú quieras… podemos comprobarlo… —dijo Carlos con una sonrisa picarona.

Aquella noche, Inés se dejó llevar… fue la única de las tres que se convirtió en una auténtica adolescente y se abandonó literalmente para disfrutar de los placeres de la carne, sintiendo sus besos, sus abrazos, el latir de su corazón, y como la penetraba con fuerza y ternura. Se sentía más viva que nunca a pesar de que el sexo con Jordi siempre estuvo bien. Quizá estaba un poco borracha o anhelaba desde hacía tiempo una noche salvaje, a pesar de que últimamente solo le interesaban los temas espirituales. Durmió profundamente hasta las nueve de la mañana. A esa hora, tenían que regresar a Barcelona.

—¡Ostras! ¡Qué tarde es Carlos!… tengo que marcharme… mis amigas se van… voy a llamarlas corriendo.

—Ring ring ring….

—Una voz enfadada sonaba al otro lado del teléfono: ¿Sí?

—Hola Carmen, esperadme que voy enseguida… he perdido el lapso del tiempo.

—Ya nos hemos dado cuenta, hija, nos queremos ir en media hora… habíamos pensado coger un taxi. Olga no se encuentra bien.

—Pero qué sucede…

—Ya te lo explicaremos… hasta luego.

Inés se despidió de Carlos, no sin antes dejarle su número de teléfono. Para ella había sido una noche redonda y un final de vacaciones que nunca se hubiera imaginado.

Capítulo 10

Aquella mañana, Inés llegó completamente alborotada y nerviosa a la habitación del hotel para preparar la maleta. No quería dar explicaciones a sus amigas ni detalles de su cita, especialmente sobre el final de esa noche, de la que no se sentía arrepentida lo más mínimo. Carlos le pareció una persona fantástica y la volvió loca en la cama.

—Hola chicas, siento el retraso… ¡no pensé que fuera tan tarde! —dijo Inés con voz acelerada.

—¿Cómo has pasado la noche, picarona? —dijo Carmen, esta vez con un tono cómplice—. Yo me aburrí soberanamente y al llegar aquí me encuentro a la pobre Inés, hecha una magdalena.

—Ya me contarás chica que te ha pasado… yo la verdad, es que todo fue fantástico, alucinante… aunque me guardo los detalles…

—Bueno, claro… todo te salió redondo… no como a nosotras verdad, —comentó un poco enfadada Carmen.

—Lo siento chicas… lo cierto es que no esperaba que sucediera nada de esto.

—¡Ni nosotras tampoco! —dijeron ambas a la misma vez.

Sin duda, aquel viaje había trastocado las vidas de las tres amigas. Acabaron de preparar las maletas, desayunaron rápido en el hotel, prácticamente en silencio y se pusieron en marcha rumbo a Barcelona. El viaje de dos horas y media se hizo largo. Nadie abrió la boca. Estaban ensimismadas, imbuidas en sus pensamientos.

Al llegar a la ciudad, se despidieron con un corto abrazo, para al día siguiente continuar con la rutina de sus vidas.

Carmen pensó finalmente dejar el trabajo. Había decidido marchar a India con Inés, tenía un dinerillo ahorrado y con ello pasaría una temporada. Si algo había aprendido con la enfermedad es que no podía continuar viviendo a un ritmo de estrés continuo. Buscaría un trabajo en el que se sintiera más tranquila. Tal vez propusiera a su amiga trabajar en la cafetería. Le gustaba el ambiente y tampoco exigía un gran esfuerzo, salvo en horas puntas.

Inés regresó a casa con una alegría inusitada. Había disfrutado mucho la noche anterior pero ahora debía poner su cabeza en orden. Tenía muchos planes, entre ellos el viaje a India y atender sus negocios. De lo que más orgullosa se sentía era sin duda de su cafetería. Había pensado en organizar alguna charla relacionada con la nutrición e incluso impartir diversos talleres de cocina vegetariana… buscaría a las personas adecuadas que la asesoraran y para presentar los permisos.

En cuanto a Olga, debía olvidarse de Miguel. Su vida estaba organizada con su marido y su hija Eva. No podía romperles el corazón. Además, necesitaba tener una seguridad y hasta ahora todo le había venido bien. Uno no podía llegar después de tantos años y confesarle su amor. No era normal… no podía ser. El tiempo había jugado en su contra.

Al día siguiente de la llegada del viaje, Olga llevó a su hija con la abuela. Se disponía a realizar la compra al Condis cuando un Whatsapp la dejó inmóvil. El mensaje decía así:

Hola Olga. Estoy libre esta mañana y he pensado en ti. ¿Podemos tomar un café juntos? Por favor no te enfades conmigo… quería pedirte disculpas.

No sabía que decir… entró al super y un nuevo mensaje la dejó atrapada en sus pensamientos. Insistía de nuevo:

Por favor, contéstame. Si no puedes hoy, lo dejamos para otro día.

Al final, ella cogió su móvil y le contestó:

Está bien. ¿Dónde quedamos? Tengo solo una hora. Podemos vernos hacia las 11h.

Ok. En el Café de la Opera.

Vale.

Acabó la compra y la dejó en su automóvil. Habían pasado cinco minutos de las 11h. y entró en la cafetería. Allí estaba él. Sonreía desde la mesa de la esquina. Llevaba una camisa blanca que resaltaba con su bronceado y en la mesa había un sobre grande.

—Hola Miguel, ya estoy aquí. Perdona el retraso.

—No pasa nada Olga. ¿Qué quieres tomar?

—Un café con hielo. ¡Hoy hace un calor terrible! —dijo ella soplando al mismo tiempo que cogía una silla.

El camarero trajo dos cafés con hielo y ambos se quedaron en silencio por unos segundos mirándose a los ojos.

—Lo siento, Olga. Lamento lo que te dije en Cadaqués; pero todo es cierto. Y ahora que nos hemos vuelto a encontrar no puedo dejar de pensar en ti… y me pregunto mil veces por qué no me atreví a decirte nada entonces.

—Miguel, es demasiado tarde… te lo dije el otro día. Mi vida ya está montada. Soy feliz y no puedo abandonar a mi familia. Mi hija me necesita, es muy pequeña.

—Está bien, Olga… no insistiré más… —y tomando el sobre entre las manos le comentó— mira he traído un borrador de mi libro, el que saldrá publicado en breve… me gustaría que me dieras tu opinión.

Olga sonriendo y un poco más aliviada, lo cogió con cierto temor.
—Gracias lo leo y te comento de aquí a unos días.

La cafetería estaba a punto de reventar. A esa hora, los cafés y los croissants iban y venían para calmar el estómago de los clientes. Olga y Miguel siguieron conversando animadamente, esta vez más calmados, sin darse cuenta de que estaban alimentando un amor perdido, riéndose a carcajadas, recordando historias de su juventud. El tiempo, como suele pasar en estos casos corrió raudo y al cabo de una hora, ambos marcharon del local, despidiéndose con un fuerte abrazo.

—Hasta pronto, Miguel —le dijo Olga con el sobre en la mano—. Empezaré esta misma tarde con la lectura del libro.

—Ya me contarás. Espero que podamos vernos pronto y charlar otro ratito. Cuídate mucho. —Y le cogió dulcemente las manos al mismo tiempo que la besaba en la mejilla.

Ella se ruborizó y salió prácticamente corriendo. El estómago se le revolvió de nuevo, y no podía evitar el deseo de besarlo también. De pronto la imagen de Eva la devolvió a la realidad. No podía caer en la tentación, puede que solo fuera una atracción sexual lo que sentía por él. La verdad es que últimamente su vida íntima era de pena…. no quería ser su amante ni tampoco romper con su marido, aunque alguna vez lo hubiera pensado.

Cuando conoció a Iván, estaba pasando por un período amargo de su vida. Sus mejores amigas acababan de casarse y su primer novio, Joan, la acababa de dejar. Muchas veces se acordó de Miguel, pero siempre lo había considerado como a un buen amigo, casi un hermano. Habían compartido muchos ratos de universidad, charlando con otros compañeros, realizando trabajos juntos, en bibliotecas, parques, incluso acudieron a alguna fiesta. En ningún momento reparó en que pudiera convertirse en un pretendiente… aunque siempre habían tenido mucha complicidad.

Fue a buscar a su niña, que la esperaba con ansiedad. Preparó Espaguetis a la Carbonara y ambas comieron entre risas y bromas. Por la tarde fueron a la piscina con Carmen e Inés.

Inés estaba algo rara desde la vuelta del viaje. Parecía ensimismada en sus pensamientos.

—¿Qué te pasa Inés? —le dijo Olga nada más verla aquella tarde. ¿Pareces preocupada? ¿Ya has ido a la Cafetería? ¿Está todo en orden?

—Sí, sí… perfecto. Leo y David se llevan de maravilla y trabajan muy bien. Lo tienen todo controlado. Y en la tienda igual, aunque las ventas han bajado. Es que había pensado en hacer más cosas en la cafetería y no sé si es el momento… ya sabéis que quiero ir a la India.

—¿Y por qué no lo dejas para más adelante? —le propuso Olga entonces. Aquí puedes ayudar y dedicarte más a los negocios.

—No sé… tal vez lo haga.

—A mí me gustaría acompañarte al viaje, Inés —dijo entonces tímidamente Carmen.

—¿En serio quieres venir? No me habías comentado nada. Pensaba que no te atrevías a dar el paso…

—Pues la verdad es que sí… lo he pensado y mañana iré a comunicar a mi empresa que dejo el trabajo. Ya me he cansado y quiero vivir otras experiencias…

—¿Estás loca, Carmen? Dijo alarmada Olga. Tal como están las cosas, lo deberías pensar un poco.

—No, ya está, he decidido que buscaré otro trabajo que me ilusione más. Si algo he aprendido en Cadaqués, es que no podemos perder el tiempo en tonterías o en cosas que no nos inspiren o llenen por dentro. Ya hacía años que iba con desgana y sin ningún interés a la empresa, aguantando por lo que dirán, porque no hay faena, porque todo es muy difícil… ya está bien, chicas, hay que cerrar una puerta para que otra se abra y no tener miedo a lo desconocido, pues algo saldrá.

—Es cierto, Carmen. Eres la más valiente de todas. La que ha luchado por una enfermedad y sigue adelante con optimismo y alegría —comentó Inés con una sonrisa en los labios.

—Tú también has sido muy fuerte. Has continuado con tu vida después de la muerte de Jordi. No todo el mundo supera con tanta energía y creatividad el fallecimiento de un ser querido. Fíjate en ti. Has cambiado de aspecto por completo. Ya no eres la pija del BMW... ni tú te has dado cuenta... te has ayudado a ti misma y luego a nosotras. Me siento muy agradecida por haberme acompañado todo este tiempo.

—Gracias Carmen por tus elogios. Es cierto que ya no soy la misma. Lo que me apena, es que ha tenido que morir mi marido para hacer ese cambio. Ojalá hubiera podido reaccionar antes.

—Es igual Inés. Necesitamos que la vida nos golpee para darnos cuenta de las cosas. Aprendemos casi siempre a base de latigazos, qué triste —dijo entonces Olga que había permanecido callada hasta el momento.

—Y tú Olga, ¿cómo estás? ¿Has visto a Miguel estos días? —le preguntó Carmen.

—Pues esta misma mañana. Me ha dado el borrador de su libro.

—¡Qué fuerte! ¿Y otra vez se te ha insinuado? —le volvió a preguntar Carmen.

—Esta vez ya se ha dado por vencido, se apartará y me dejará en paz; pero soy yo la que no para de pensar en él. ¡Maldita sea! Tenía mi vida controlada y de repente un minuto con él lo transforma todo.

—Estamos apañadas... —dijo en un tono resolutivo Inés.

—Y tú cómo llevas la historia con Carlos. ¿Te ha llamado? —le preguntó Carmen.

—Pues no... pero solo hace dos días que hemos regresado de las vacaciones... —respondió ella.

La tarde pasó rápida para todas conversando como buenas amigas. La que más disfrutó sin duda fue Eva que se tiraba al agua una y otra vez sin miedo alguno. Nadaba con ligereza y reía constantemente de los chistes que le contaba Carmen.

Capítulo 11

Carmen pensó largo y tendido la idea de abandonar el trabajo. Pasó semanas enteras sin dormir, valorando lo bueno que tenía, un buen sueldo, bien considerada por los jefes, la cercanía del lugar... no podía... ya no era la misma de antes. Ahora le importaba poco la competencia o lograr un buen cargo en la empresa. El estrés que había vivido en los últimos años le pasó factura y no deseaba pasar por ahí de nuevo. Aún no sabía hacia donde iría o a lo que se dedicaría. Le gustaba mucho el tema de la Nutrición. Durante su enfermedad leyó bastantes libros sobre el tema de la alimentación y el cáncer y su influencia en el desarrollo de la misma.

Aquella mañana pasó por "Ines Coffee" para charlar con su amiga:

—Hola Inés. ¿Qué tal llevas la mañana? Vengo a tomar un zumo de zanahoria y naranja y un mini bocadillo vegetal. Me gustaría comentarte un tema, ¿tienes tiempo ahora?

—Claro cariño. A las doce he quedado con Carlos para hablar del viaje a India ¿Al final te apuntas con nosotros? Él también nos acompañará.

—¡Ah sí! No tenía ni idea, hija... pues no sé. Te quería preguntar sobre cursos de cocina vegetariana... ¿conoces algún sitio dónde pueda ir? También quería formarme en Nutrición.

—¡Qué gran idea, Carmen! —contestó entonces Inés—. Me parece genial que quieras aprender y formarte en este campo. Es ideal para la cafetería, podrías ayudarnos, ¿te has dado cuenta? Hace unos días estaba pensando en realizar cursos de comida vegetariana o impartir charlas sobre la alimentación y el cáncer. Tú puedes ser esa persona a la que busco.

—Pero espera Inés… que todavía no tengo la formación…

—Tú tranquila, que ya buscaremos… seguro que en internet encontraremos cursos interesantes.

—He oído hablar de Odile Fernández, médico de familia y superviviente de cáncer. En su web hay recetas fáciles y muy ricas, además que imparte talleres y charlas por toda España.

—Sí sí… la conozco. Podemos contactar con ella.

—Sería perfecto… pues manos a la obra —comentó ilusionada Inés—. Me alegro mucho de que hayas tomado esta decisión. Cuenta conmigo en todo lo que necesites.

—Muchas gracias por tu apoyo. Es fantástico poder contar con las amigas. Te has portado muy bien conmigo durante todo este tiempo y estoy muy agradecida.

—Para eso están las verdaderas amigas, Carmen. Bueno, cambiando de tema, tengo que marcharme. Ya me irás contando. Nos vemos mañana, ¿vale?

—De acuerdo. Hemos quedado con Olga para cenar por el barrio de Gràcia. Aún no sé en qué restaurante.

—Muy bien. Dame un beso… que llego tarde.

Carmen acabó de desayunar y fue a la biblioteca a consultar todos los libros que había sobre nutrición y alimentación sana. Miró por internet varias direcciones de escuelas y pensó comentarlo con Inés antes de apuntarse a una de ellas.

Al día siguiente vería a su jefe. Le había pedido cita por teléfono para reincorporarse. Maduró la idea miles de veces y siempre llegó a la misma conclusión. Dejaría la faena… además necesitaba tiempo para formarse y luego buscaría trabajo como nutricionista.

Al llegar a la oficina, la mayoría de los compañeros la esperaban sonrientes. Todos estaban ilusionados de verla de nuevo y la animaban por su pronta recuperación. El jefe estaba en su despacho. Enseguida se levantó al verla y le dio unas palmaditas afectuosas en la espalda.

—¡Hola Carmen! —dijo Luis sonriente—. Me alegro de que estés completamente recuperada. Veo que ha ido todo bien… ¿verdad?

Carmen lo miraba con suma tranquilidad, se había dado cuenta de que había envejecido ligeramente durante su ausencia y estaba más delgado:

—¡Hola Luis! Pues aquí estoy… han sido unos meses de tratamiento, cansancio y recuperación… parece que fue ayer… se ha pasado el tiempo rápido y bueno… lo que te quería comentar…. es que… he decidido dejar el trabajo.

Luis la mira de repente sorprendido y atónito:

—Pero ¿qué estás diciendo? ¿Hablas en serio?

—Sí, sí. Ahora lo veo más claro que nunca. He dudado mucho y le he dado cien mil vueltas al tema hasta llegar a la misma conclusión… dejo esto y aprovecho el tiempo para disfrutar de lo que realmente me gusta. Cuando padeces una enfermedad grave, nunca vuelves a ser la misma de antes. Te planteas otras cosas… analizas todos los aspectos de tu vida: trabajo, amigos, familia, aficiones… y efectivamente encuentras algunos aspectos que son necesarios cambiarlos. Valoras el tiempo de otra manera y priorizas cosas que anteriormente no tenían tanta importancia.

Por ejemplo, caminar por la montaña, bañarte en la playa o en el río... tomar un café sin prisas con tus amigos, pasar más tiempo con la familia o simplemente disfrutar de la compañía de uno mismo, de la soledad... he aprendido a comer mejor, a reír más, a estar tranquila y relajada, a no tomarme en serio los problemas rutinarios de cada día...

—Ya veo Carmen, que no pareces la misma. En fin... no pensaba que sucedería esto... sabes que si marchas por tu cuenta no tienes derecho a nada, ni finiquito, ni paro...

—Ya lo he pensado... tengo algo de dinero ahorrado y además seguro que encontraré trabajo... solo hay que confiar.

—Bueno, no es fácil encontrar lo que quieres... sabes cómo está el patio...

—Es que no quiero volver a lo mismo... quiero hacer otras cosas, ¿lo entiendes?

—¿Y qué es lo que te gusta ahora?

—Me gustaría estudiar Nutrición y especializarme sobre todo en la dieta vegetariana y en la alimentación indicada para el cáncer. Ya ves que no tiene nada que ver...

—Es interesante... espero que te vaya bien...

Y levantándose Luis le dijo entonces:

—Carmen, tengo una reunión. Me alegro de haberte visto. Hablaré con Raúl para que te prepare todo el papeleo y ya vendrás por aquí para firmar.

—Está bien. Ya me llamarás. Espero que a ti también te vaya muy bien.

Aquella mañana Carmen se sintió liberada por completo. Esa carga pesada que llevaba en su espalda desde hacía tanto tiempo se disolvió en cuestión de segundos. Nunca había experimentado tanta libertad y felicidad al mismo tiempo.

Al salir de la oficina, cogió el metro hasta Barceloneta. La playa estaba como una balsa. A pesar del calorcito de finales del mes de septiembre, había poca gente: algunos turistas y algún que otro viajero que caminaba por la orilla del mar. Se quitó las sandalias y comenzó a pasear tímidamente por la arena mojada. Estaba fresquita y resultaba un reclamo para resucitar su alma dormida. De repente una energía inusual se derramó por todo su cuerpo desde el cerebro hasta sus pies húmedos. Se sintió más viva que nunca… su enfermedad resultó una bendición. Tenía de nuevo ilusión por despertarse, correr hasta hartarse, bailar bajo la luna, comer de manera consciente, aprender y especialmente saborear cada instante que ahora tenía por delante.

A menudo vamos caminando por la vida sin apreciar lo que tenemos como si fuéramos robots. Nos levantamos corriendo de la cama, para tomar el primer café sin saborear el aroma. Luego a la calle, a coger el primer autobús, tren o metro que nos conduce al trabajo. Apenas hablamos o saludamos a la gente con la que nos encontramos, quizá un triste o apagado "hola". Vamos dormidos y no nos fijamos en nuestros compañeros, en como vienen vestidos ese día o en si se han cortado el pelo… luego comemos sin apreciar los aromas o sabores, a toda prisa, engullimos los alimentos… no respiramos apenas… después corriendo hacia casa, de nuevo… a preparar la cena… o la comida del día siguiente y por último ver algún programa de la tele que nos distraiga la mente, hasta adormecernos e irnos a la cama. Así un día detrás de otro… esperando el fin de semana. También las tareas rutinarias de comprar, cocinar, limpiar el piso… y por último los momentos de expansión, cenar con los amigos o visitar a la familia, que suelen ser bien pocos.

La vida de Carmen en efecto, había dado un giro desde su enfermedad. Tras su convalecencia, no quería ser la de siempre. Tendría más tiempo para ella misma y para los demás. Se cuidaría y aprendería a ser más responsable de todo lo que le sucediera a partir de entonces. Se había dado cuenta de que los pensamientos positivos eran muy importantes, así como evitar las críticas, los juicios y los engaños. Y sobre todo saber perdonarse y perdonar a los demás. Su libertad empezaba por ella misma.

Capítulo 12

Inés estaba eufórica desde la vuelta de vacaciones. Una energía inusual se expandía por todo su ser y la empujaba a vivir cada minuto con más intensidad. Sin duda, haber conocido a Carlos con el que había empatizado desde el primer instante y con el que había iniciado una historia de amor era lo prioritario en aquella etapa. Se estaban viendo desde hacía dos meses y prácticamente parecían novios formales. Se llamaban constantemente, salían a cenar, al cine, a la playa. A pesar de no sentirse preparada para establecer de nuevo una relación estable, poco a poco se vio involucrada en esta, colándose como el viento, de manera muy sutil.

Aquella mañana había quedado para comer en Teresa Carles, el restaurante vegetariano de la Calle Jovellanos, al que solía ir a menudo.

—Hola Inés, ¿qué guapa vienes hoy? —le dijo besándola en los labios—. He traído información de la ONG que buscabas. Mira, aquí la tengo y le tendió un folleto de SOS mujer.

—Hola Carlos, muchas gracias. Lo miraré en casa. Ahora estoy hecha un lío… no me apetece marcharme. Estás tú y Carmen, a quién puedo ayudar con su trabajo. Va a estudiar Nutrición, ¿te lo dije? —comentó ella alterada.

—No, no me habías dicho nada. No tenía ni idea. Pensaba que lo que más deseabas en estos momentos era ir a India. No has parado de hablar de ello en este último mes —le respondió un poco enojado.

—Es cierto, lo siento cariño. Es que hace unos días Carmen me dijo que dejaba su faena y necesitará un apoyo. Yo le puedo ofrecer un puesto de trabajo en la cafetería. Estará encantada y con el tiempo podemos impartir charlas sobre alimentación o realizar algún pequeño curso de cocina vegetariana.

—Está muy bien. Pero antes tendrá que prepararse Carmen... si te vas a India será por poco tiempo, ¿no? Puedes hacer las dos cosas, una detrás de otra.

—Bueno, lo pensaré. Gracias por la información. Igual me he precipitado...

—Yo me marcho Inés... ya lo tenía meditado antes de conocernos y me hace mucha ilusión volver. Participaré con los cooperantes de Vicente Ferrer. Te echaré de menos pero entiendo que no me acompañes... aquí tienes tu vida, tus amigas...

—Aún no te he contestado Carlos. Deja que lo piense un poco más. ¿Cuándo te marchas?

—Dentro de dos semanas.

—¡Tan pronto! ¡Habíamos comentado para el mes de noviembre!

—Es que se marchan unos amigos míos, Raúl y Sonia en esos días y me gustaría acompañarlos.

—No me habías comentado nada de ellos... veo que lo tenías todo programado independientemente de que yo fuera, ¿verdad Carlos?

—No, no, no... te hubiera buscado un vuelo conmigo o me hubiera marchado más tarde...

—Sí, pero en realidad lo tenías todo organizado... ¿Tienes ya el billete?

—Sí, para el tres de noviembre… pero puedo anularlo y coger otro vuelo…

—No digas tonterías Carlos, déjalo ya… ni siquiera te habías esperado… has ido a tu rollo.

—Lo siento Inés… no te había visto muy decidida.

—Bueno, pues esto es una despedida, Carlos… en toda regla.

—No, cariño, no lo veas así… solo estaré tres meses fuera.

—Ya sabemos cómo van estas cosas. Somos mayores, hemos vivido una aventura muy hermosa y todo se acaba. Igual no vuelves…

—Pero por qué dices eso… Claro que volveré y me gustaría que esta relación continuara. Soy muy feliz contigo Inés.

La comida tocaba a su fin y ambos tenían que marchar a sus respectivos trabajos.

—Inés, siento que te hayas enfadado conmigo. No era mi intención. Te prometo que regresaré.

—Está bien Carlos, dame un beso fuerte. Todo empieza y todo termina. No tenemos ningún compromiso… si quieres quedarte, puedes hacerlo.

Y después de un fuerte abrazo, se despidieron con una enorme tristeza.

Inés se quedó tan parada que no sabía reaccionar… Sus planes con Carlos se habían venido abajo… entonces se planteó con seriedad si realmente quería ir a India, independientemente del suceso acaecido. Ahora en ese momento, tampoco le apetecía demasiado. Necesitaba ayudar a Carmen y replantearse su negocio. Quizá más adelante lo hiciera. ¿Por qué damos tantas vueltas a las cosas? ¿Por falta de decisión? ¿Miedos? Siempre se había considerado una mujer independiente y había viajado a infinidad de lugares, casi siempre acompañada, era la verdad… quizá era eso. Le faltaba arranque, un motivo auténtico que le tocara el alma y le removiera las entrañas.

Apenas cruzó tres manzanas, llamó a Olga a su móvil.

—Hola guapa, ¿estás en casa? ¿Podemos charlar un ratito?

—Hola Inés. Estaba leyendo. Tengo que recoger a Eva dentro de media hora y llevarla a inglés. Podemos vernos después hasta que salga de clase. ¿Te parece bien?

—Vale Olga. ¿Dónde quedamos entonces?

—Pues si quieres vamos a la cafetería de la esquina del gimnasio. Nos pilla cerca a las dos —comentó ella mientras cerraba la novela y la colocaba en la mesita del comedor—. ¿Llamamos a Carmen?

—Hoy estaba liada, no podrá acompañarnos —comentó Inés mientras atravesaba la Avenida Roma.

—Muy bien. Nos vemos de aquí a un rato. Un beso.

Inés guardó el móvil en el bolso, al mismo tiempo que cogió un pañuelo. Estaba a punto de llorar. No pensó que le afectara tanto la ruptura con Carlos, pero en realidad estaba descompuesta. Se sentía abandonada, hundida en lo más profundo. Caminaba con la mirada baja, sin prestar atención hasta que se detuvo en un portal para evitar que nadie la pudiera ver deshecha en miles de lágrimas.

Al cabo de unos cuarenta minutos, quedaron las dos amigas. El destino les había jugado una mala pasada. Ya no sentían la vida de la misma forma que antes del viaje de Cadaqués. Olga pensaba a menudo en Miguel aunque intentaba evitarlo por todos los medios mientras Inés se había olvidado de sí misma enamorándose de Carlos.

—Necesitamos un poco de tiempo para digerir lo que nos ha sucedido —dijo de repente Inés—, mientras tomaba su zumo favorito de naranja con zanahoria.

—Tienes razón. Son demasiados acontecimientos juntos y tenemos que esperar, reflexionar largo y tendido antes de cometer algún error que pueda perjudicarnos. Yo, pondría en peligro mi matrimonio —comentó Olga— y a mi hija. ¡Se me ponen los pelos de punta nada más pensarlo!

—Es cierto, hija. Es para pensárselo dos veces. Lo que realmente tienes que preguntarte es si eres feliz con Iván. ¿Lo eres de verdad?

—No lo sé. Hasta hace unos meses creía que sí. Pero desde que he vuelto a ver a Miguel, todo ha cambiado. Siento una punzada en el estómago cada vez que lo veo y me pongo a temblar. Estoy leyendo su libro que por cierto me resulta fascinante y todavía pienso más en él. Me ha enviado la invitación para la presentación en "La Casa del Libro" para el 25 de noviembre.

—Pues no vayas Olga. No alimentes ese amor. Sabes que no te conviene, a no ser que quieras romper con tu marido… sería diferente; pero estas cosas no salen bien en muchas ocasiones. Tengo conocidas que tenían sus amantes y las obligaban a dejar al marido. Una vez libres, se peleaban entre ellos. Soy de la opinión que si rompes con alguien, debes dejar pasar un tiempo para recuperarte de la ruptura y empezar de nuevo más tarde, cuando estés limpia del todo. ¿Has visto la película "Enamorarse" con Robert de Niro y Merly Streep?

—Sí que la recuerdo Inés. Los dos tienen parejas y rompen con sus respectivos. Después de un tiempo vuelven a encontrarse y entonces sí pueden iniciar una relación amorosa.

—Es cierto, tienes toda la razón. Me parece genial este ejemplo. ¿Y tú que harás entonces, te vas a India?

—Pues creo que no. Carlos se marcha sin haber contado conmigo y ahora ya no me importa demasiado. Lo dejaré para otro momento, cuando Carmen pueda acompañarme. Me ocuparé de mis negocios. Tal vez traspase la tienda y solo me ocupe de la cafetería. Puedo ampliarla o abrir un pequeño restaurante… tendría que buscar a un chef… no sé… lo pensaré.

—Uff! Es muy tarde Inés. Voy a buscar a Eva. Seguimos hablando.

—Hasta pronto querida, gracias por tu tiempo.

—No hay de qué. Para eso están las amigas…

Capítulo 13

Carmen se apuntó a un curso de Nutrición a distancia especializado para el cáncer. Al mismo tiempo contactó con Odile Fernández y tuvieron un encuentro en Barcelona, en la Feria de Biocultura. Intercambiaron información y ella le ofreció la posibilidad de participar en varios talleres de cocina.

Empezó a adentrarse en el mundo culinario vegetariano, conociendo especias como el jengibre y la cúrcuma y mostrando platos con quinoa, kale, algas o legumbres nuevas como las azukis, además de profundizar en el vegetarianismo. Cada día preparaba nuevas recetas en casa con más cariño, que daba a probar a sus amigas.

Inés estaba especialmente entusiasmada y poco a poco fueron introduciendo pequeñas ensaladas y platos preparados en su cafetería. Al final la contrató a media jornada y con el dinero que iba ganando se fue pagando los cursos que realizaba. Un Máster en Nutrición y Alimentación y otro curso de alimentación macrobiótica.

La cafetería estaba resultando un éxito asombroso. Carmen necesitaba más tiempo para sus elaboraciones, así que empezó a trabajar a jornada completa. Inés financió sus estudios puesto que empezaban a resultarle muy caros. También le aumentó el sueldo, por lo que no echaba en falta su antiguo trabajo. Ganaba lo mismo que antes, incluso más, al mismo tiempo que se sentía bastante realizada.

En unos meses adelgazó los seis kilos que le sobraban, comiendo de forma saludable, eliminando el café, las grasas, la bollería, los fritos y los dulces y enriqueciéndose de las verduras, las frutas, hortalizas, legumbres y frutos secos. Su rostro adquirió un tono más rosado y sus ojos brillaban más. Se apuntó a clases de yoga junto al Pilates y aprendió a meditar al poco tiempo, lo cual le sirvió para encauzar el estrés en la cafetería y enfrentarse al devenir diario.

Un día le planteó a Inés el viaje a India.

—¿Qué opinas Inés si nos marchamos a India el mes próximo o cuando tú veas conveniente? ¿Ya no te apetece ir?

—Es que Carmen, ahora estaba pensando en otra cosa. He considerado la idea de abrir un pequeño restaurante y para ello, lógicamente contaba contigo para Chef. Veo que tienes mucha creatividad y te desenvuelves muy bien en la cocina. Claro, tendremos que trabajar todas más y buscar ayuda. Por el barrio donde estamos creo que funcionará. Ya ves que la cafetería nos ha ido fantástico. Mi idea es algo sencilla, para unas cuarenta o cincuenta personas. Que ofrezca una carta de recetas vegetarianas, introduciendo algo de pescado, zumos naturales, pasteles caseros…

—Algo como Flax & Kale… ¿no?

—Exacto, algo parecido… no para hacerle competencia a ellos… Incluso nos podríamos trasladar a Castelldefels o Sitges donde hay más mercado. ¿Qué opinas?

—En Sitges no estaría nada mal. Hay muchos restaurantes pero creo que muy pocos o ninguno vegetariano…

—Pues lo montamos allí…

—¿Tienes dinero para esta nueva inversión? Sitges es carísimo. Un alquiler puede ser la ruina.

—No te preocupes... tengo una casa vieja heredada de mis abuelos que podríamos restaurar y puede ser una joya en medio del pueblo. Traspasaremos la tienda. Ya he puesto un anuncio en Internet y con lo que tengo ahorrado y el traspaso podremos abrir el local.

—¿Y la cafetería? ¿No te da lástima cerrarla?

—Pues sí... había pensado buscarme a alguien para que la llevara... tal vez consulte con Olga. Está sin trabajo todavía y le iría bien sentirse ocupada.

—¿Hablarás con ella? Igual no le interesa...

—Sí, es cierto. Si no, tendremos que buscar a alguien de confianza...

—La verdad Inés, es que no tenía ni idea de todo esto. Me sobrepasa... no sé si estaré preparada... serán muchas jornadas de trabajo y ya me iba bien con lo que tenía hasta ahora... lo tengo que pensar...

—Está bien Carmen... siento haberme precipitado... hace meses que lo consideraba y no te había comentado nada. Y siento lo del viaje... pero ahora mismo no me apetece.

—Necesito un poco de descanso, Inés. Llevo un año con cursos y cocinando y me quería tomar unas pequeñas vacaciones, por eso había pensado en India.

—Te daré unas semanas de vacaciones y piensas en mi propuesta. ¿Te parece?

—Está bien Inés. Y tú, ¿no pararás? Por cierto, el otro día vino Carlos a la cafetería y me preguntó por ti. Ha vuelto, ¿sabes? ¿No te ha llamado?

—Pues la verdad es que no. Casi me había olvidado de él. Con tanto trabajo que hemos tenido no he pensado para nada. No sé si me apetece verlo ahora.

—¿Le podías dar una oportunidad? ¿Tal vez quiera participar en tu nuevo proyecto?

—Es verdad. No había caído. Se lo podría proponer... le llamaré... creo que aún conservo su número de teléfono.

—No hace falta que lo busques. Lo tengo aquí. Me lo escribió en una servilleta —comentó risueña Carmen.

—Vaya, vaya, ¡que lista eres!... por si lo había cambiado.

—Bueno, Inés. Me marcho a casa. Nos vemos mañana entonces.

—No vengas. Ya tienes vacaciones. Anda y descansa.

—Pero si estamos a miércoles. Deja que acabe la semana y después me marcho el tiempo que tú me digas.

—Vale, tienes razón. Te puedes coger tres semanas. Ya hablaré con Raquel y Fernando para que te sustituyan, no te preocupes. Hasta mañana.

Carmen se dirigió hacia su casa, pensativa todo el camino. No tenía planeado nada especial en esos días de descanso, aunque si necesitaba escapar de la cocina por una temporadita y reflexionar sobre la oferta de su amiga. Tal vez cogería las maletas y se escaparía a algún lugar lejos de la ciudad.

Navegó por internet unas horas y vio una oferta de última hora a Praga. Llamó a su amiga Silvia, que estaba de vacaciones por aquellos días y se escaparon juntas. Allí se olvidó de todo, de la cocina, el cáncer y el trabajo. Al cabo de una semana, de regreso del viaje, le rondaba de nuevo la ansiedad. ¿Se embarcaba con Inés en su nueva aventura? ¿Buscaba otra faena? ¿Le proponía a Inés quedarse en la cafetería? Tenía un lío mental que no era capaz de desenredar. Al final decidió llamar a Olga, que era la que tenía más cabeza y le consultó.

Quedaron en verse esa misma tarde para cenar. El marido de Olga había marchado de viaje y Eva estaba pasando una semana con sus abuelos en el pueblo.

—Hola cariño, cuánto tiempo sin vernos… ya me comentó Inés que te habías tomado unas vacaciones —dijo Olga toda sonriente.

—Sí, es que estaba un poco cansada. Llevaba un año trabajando y estudiando y mi jefa me ha dado unos días —dijo Carmen resplandeciente—. Y quería que me dieras tu opinión sobre un asunto, tú que eres la más centrada.

—Yo —comentó riéndose a carcajadas Olga—. ¡Qué confundidas que estáis!, pero bueno, sí que soy algo sensata.

—Pues, ¡bien! Lo que te decía Olga. Inés tiene pensado abrir un restaurante en Sitges y contar conmigo como Chef. ¿Qué opinas?

—¡Me parece fantástico, maravilloso! —comentó ella con suma alegría.

—Pero, ¡qué dices, loca! ¿A mí me ves como a una Chef?

—¿Y por qué no? Te encanta la cocina. Eres muy creativa y lo mejor de todo, muy valiente. Has dejado tu trabajo arriesgando tu futuro. Y la suerte la has encontrado en lo que más te gusta. Y aun así ¿dudas de ti? —le dijo con firmeza su amiga.

—Ostras, que segura me ves. ¿De verdad puedo hacer frente a todo esto? Serán muchas horas de trabajo… mucho esfuerzo…

—Bueno, tómatelo como un juego y un reto personal. La vida está llena de metas y hay que luchar para conseguirlas, pero no te lo tomes todo tan en serio. Prueba a ver qué ocurre. Siempre estás a tiempo de volver a la cafetería o buscar otra cosa.

—Gracias Olga por tus consejos. Lo pensaré. Y ¿tú qué tal? ¿Has vuelto a ver a Miguel?

—Desde hace semanas que no lo he visto. Me ha llamado varias veces, pero no he querido quedar con él. Estoy intentando salvar mi relación con Iván. Un día de cada semana tenemos una cita y nos vamos a cenar fuera para contarnos las cosas, o vamos al cine, o hablamos de Eva. El fin de semana pasado fue estupendo. Nos escapamos los dos solos a un Spa y disfrutamos mucho, como en los viejos tiempos. Está acercándose más a mí y trabajando menos. Por cierto, Inés me ha ofrecido un puesto en su cafetería o en el nuevo restaurante. Me ha parecido bien, siempre que sea jornada reducida, para poder ocuparme de mi hija.

—¡Claro! Ahí está… a todas nos gustaría tener un trabajo de seis horas para dedicar más tiempo a uno mismo o a la familia… en mi caso, me gustaría seguir aprendiendo más sobre Nutrición e incluso introducirme en las terapias naturales…. lo he pensado en estos últimos días.

—Pues habla con Inés y dile lo que piensas… quizá busque ayuda para que trabajes menos horas.

—¡Escucha! ¿Y no te gustaría trabajar conmigo en la cocina? Las dos amigas juntas… tú sabes cocinar muy bien y te puedo enseñar miles de recetas, así podemos combinarnos las dos, ¿qué opinas?

—Pues no está mal pensado… ahora tendría que ponerme las pilas… mi cocina es tradicional: pollo al horno, pato a la naranja, fideuá… no soy vegetariana y reconozco que me gusta la carne aunque no coma cada día.

—Le podríamos proponer a Inés la idea de una cocina fusión, mezclando tradición, con platos vegetarianos, japoneses o de India…

—Me parece fantástico… humus con pan de pita, guacamole, gyozas japonesas, sopa miso, curry con verduras, ensalada de quinoa con berenjenas y naranja… uhmm qué bueno. De esta forma no estamos rechazando a la gente que le guste la carne, podemos abarcar a todo tipo de público —comentó entusiasmada Olga.

—Y se me ocurre otra cosa —dijo Carmen entonces más contenta todavía…—, podríamos organizar de vez en cuando alguna presentación de un libro o crear un mini espacio para un club de lectura… y así regresarías al mundo que tanto te gusta, Olga.

—Sería perfecto. Un día al mes, lectura de Charles Dickens… y nos reunimos a eso de las seis de la tarde, con el té o el café en la mesa para intercambiar opiniones. Ese día podemos cerrar el restaurante o solamente preparar comida rápida, como bocadillos, ensaladas, etc.

—¡Maravilloso! Si quieres vamos a hablar con Olga la semana que viene cuando vuelva a la cafetería —dijo Carmen con tono alegre.

—Por mi perfecto. Lo tendré en cuenta.

Capítulo 14

Aquella mañana, mientras Olga preparaba la comida, sonó el teléfono. Al otro lado oyó el aliento de Miguel:

—¡Hola Olga! ¿Cómo estás?

—¡Hola Miguel! ¡Muy bien gracias! —sonó temblorosa la voz de Olga.

—Te llamo para la presentación del libro. Es el miércoles próximo en la Casa del Libro a las 19h., ¿Te acuerdas? —pronunció él con tono sentencioso.

—No sé si podré ir. Lo intentaré. Inés me ha propuesto trabajar con ella en la cafetería. Empiezo justo el lunes que viene y no sé si llegaré a tiempo.

—Ah! ¿Dónde está la cafetería? Pasaré por allí un día.

—En Buenos Aires, n°10. Se llama "Ines Coffee". Si puedo me acerco un momento para saludarte. Sé que es muy importante para ti, estar rodeado de tus amigos, familiares y conocidos...

—Para mí sería muy especial que vinieras... pero lo entiendo perfectamente, después de todo, no me debes nada —dijo Miguel con voz apagada— aunque me gustaría que fuéramos amigos.

—Ostras Miguel... sería difícil... cuando hay sentimientos por medio. Es complicado... ya sabes... está mi marido y mi hija...

—Pero solo te estoy pidiendo amistad... nada más... —dijo ahora ofendido.

—Lo siento, disculpa, no me he expresado bien. Sabes que entre los dos hay algo muy profundo y como pasemos mucho tiempo juntos, la pasión se despertará como una leona celosa y ya no podrá parar…

—Tengo que colgar —dijo Miguel entonces casi mudo. Me esperan los periodistas para una entrevista. Llamo desde Madrid y vuelvo a Barcelona el fin de semana. Hasta pronto Olga. Un beso.

—Adiós Miguel, cuídate mucho.

Olga acabó colgando el teléfono al mismo tiempo que secaba sus lágrimas con un trapo de cocina. No podía olvidarlo. Hacía más de tres meses que no se habían visto, desde que le dio el borrador del libro. Ella lo devoró página tras página, saboreando cada uno de los veinticinco capítulos, lentamente, como si estuviera disfrutando de un manjar exquisito. Bajó a las fauces del volcán más apasionado pegada a las espaldas de Miguel, desapareciendo entre las mismas entrañas del fuego. Luego estaban en una playa desnudos, bailando al son de las estrellas, riendo y jugando como niños, mientras él cogía la guitarra y cantaba locas canciones de amor.

Tenía miedo de verlo otra vez. Había intentado seguir con su vida, como si no hubiera sucedido nada… con su marido actuaba con mimo, pero sin la entrega final, su hija era la única que la mantenía entera y fuerte. Gracias a ella podía levantarse cada mañana y empezar de nuevo. Cuando Inés le propuso ayudarla en sus negocios, vio una oportunidad para escapar de sí misma… Estar fuera de casa, la ayudaría a refrescar su mente, a mantenerse ocupada. Ya hacía más de un año que no trabajaba y eso le incomodaba bastante.

En la cafetería se encontró con Carmen. ¡Qué fuerte y valiente que era! Ahora se enfrentaba a un nuevo reto y allí estaban sus amigas para acompañarla en todo momento.

—¡Buenos días chicas! Dijo nada más llegar a Inés y Carmen que parecían comentar alguna cosa de los zumos del día.

—Hola Olga —dijo Carmen entonces—. Le estaba diciendo a Inés que esta semana podríamos proponer como zumo especial de la semana, el de remolacha con manzana y zanahoria, el depurativo, con un descuento especial del 5%, pero ella prefiere el cítrico, el de naranja, pomelo y kiwi.

—Pero qué más da… No vale la pena pelearos por algo así… si queréis lo echamos a suertes… Venga Inés… yo propongo el de naranja, mango y zanahoria.

—¡Está bien! —dijo algo alterada Inés—. Tú ganas Carmen. Será el depurativo, ya está. Ahora tú, Olga, ven… échame una mano con los panes y los bocadillos. Vamos a preparar unos vegetales con atún, lechuga y pimientos rojos y los de salmón ahumado, rúcula y queso de cabra.

—Vale, ya vengo… —dijo con tono perezoso Olga.

La clientela empezó a venir hacia las diez para los desayunos. Los zumos de naranja volaban, junto con los bocadillos y las mini pizzas. La mayoría prefería concluir tomando el café con leche, aunque muchos se inclinaban por el té, ya fuera negro, verde o rojo. Había un revuelo descomunal de tazas, platos y vasos que volaban de una mesa a la otra hasta el lavavajillas.

Carmen se enfrascó en la cocina para preparar las ensaladas y pequeños platos de pasta. Olga se dispuso a ayudarla y luego siguió con los bocadillos y las cocas. Estaban liadas en plena faena cuando Inés se marchó al banco. Afuera, dos chicas encantadoras despachaban con ligereza a los clientes. De repente una de ellas buscó a Olga en la cocina:

—Te busca un hombre. Es bastante guapo. Me ha dicho si estabas aquí —dijo Alicia guiñándole un ojo.

—Ahora salgo, espera un momento —comentó seria Olga—. Debe ser Miguel. Ostras Carmen, me lo temía…

—No pasa nada, ves a saludarle y ya está —comentó Carmen animándola para que saliera de una vez.

—¡Hola Miguel ¡Qué sorpresa!

—¡Hola! Quería conocer el sitio donde trabajas. Es una cafetería muy acogedora y con zumos muy ricos… estoy tomando el que está de oferta con esta mini pizza de kale y queso parmesano.

—Sí… la verdad es que es uno de los locales más especiales de Barcelona… mi amiga tiene buen gusto y mucho instinto para los negocios.

—¿Está ella por aquí? Lo digo para saludarla.

—Ha salido un momento, pero estoy con Carmen, ¿te acuerdas de ella? Ahora mismo le digo que salga… Carmen ven a saludar a Miguel… el que conocimos en Cadaqués.

—Hola Miguel. Me alegro de volver a verte. ¿Qué tal? Vas a presentar un libro el miércoles, ¿verdad?

—Así es. ¿Vendrás con ella? Me gustaría que vinierais. Luego brindaremos con cava.

—Claro, eso está hecho. Hablaremos con Inés y nos escapamos una hora antes… no creo que haya ningún problema.

—¡Perfecto! —dijo entonces él—. Me ha encantando el lugar. Volveré más veces y se despidió lanzando una larga mirada hacia Olga.

—¿Has visto Carmen? ¡Es increíble…! Ya ha tenido que venir al lugar donde trabajo, ¡me siento acosada!

—Vamos, Olga, no seas cría. No creo que venga cada día a darte la lata… además dijiste que viajaba mucho, por lo que no tendrá tiempo para acercarse hasta aquí.

—¡Es verdad! Me estoy volviendo un poco paranoica… es que lo amo, Carmen… y estoy desesperada… No sé qué hacer… mi vida se hace añicos…

—Ven aquí cariño —dijo Carmen abrazando con fuerza a su amiga—. Si quieres no vamos a la presentación e intentas olvidarlo para siempre. Dile que no venga a verte nunca, ni que te llame…

—Es que no puedo olvidarlo… el primer pensamiento del día es para él. Sueño que nos besamos constantemente y que nos vamos los dos muy lejos a una isla paradisiaca…

—Olga, para ya… pisa con los pies en la tierra de una vez. Si realmente lo quieres, díselo y sé fuerte para el camino que te espera. Tendrás que separarte de tu marido y organizarte con la custodia de Eva… tú misma, piensa que es un paso difícil pero tampoco imposible del todo. Muchos matrimonios se han roto y luego cada uno ha vuelto a empezar de nuevo con otra persona, pero piénsalo detenidamente —le dijo Carmen con voz firme.

—Gracias Carmen por estar a mi lado. Iremos a la presentación y le diré que me deje en paz para siempre. Borraré su número de móvil y haré lo imposible para sacármelo de la cabeza.

—Piensa en tu hija, Olga le insistió su amiga. Ella te mantendrá cuerda.

—Sí, ella es mi salvavidas en estos momentos.

Llegó el miércoles por la tarde. A pesar de todo, Olga tenía decidido acudir a la presentación con Carmen. El día fue largo y duro. Tuvieron mucha faena y a media tarde estaban agotadas. Llegaron a la librería justo en el momento en que Miguel iniciaba su discurso. En la mesa había dos personas más: un señor trajeado de la editorial y un tal Oscar Andreu, escritor y amigo del autor, que no dejó de mirarlas nada más entrar como si fueran unas intrusas.

Miguel se desenvolvía con una gran soltura. Estaba acostumbrado a hablar en público, con voz grave y serena. Le gustaba improvisar utilizando frases de escritores famosos y con gran ingenio contaba algún chiste que otro para provocar al público. Su discurso sencillo y a la vez dinámico despertaba la atención de todos. Al finalizar, agradeció la presencia de los asistentes y mencionó especialmente a Olga, como su gran inspiradora. Ella se quedó tiesa en el asiento, como si le hubiera atravesado una flecha. Carmen la ayudó a recuperar el ánimo, aunque le costó reanimarse.

Empezaron los brindis. La mayoría se acercó hasta la mesa con el libro en la mano esperando la firma del escritor, mientras que el resto se precipitaba al final de la sala para coger las copas de cava.

Carmen e Inés tomaron sus respectivas copas y empezaron a hablar con otras personas que estaban por allí, alabando la genialidad del escritor, su originalidad y destreza. De repente llegó Miguel y fue agradeciendo uno por uno que estuvieran acompañándolo en ese día tan importante. Cuando le tocó el turno a Olga, esta se escabulló como pudo para alejarse de la gente y buscar la salida.

—¡Así que te vas sin decirme nada! —le dijo entonces Miguel—, mientras la alcanzaba con el brazo.

—Lo siento, te iba a enviar un mensaje de felicitación. Es que tengo un poco de prisa. Carmen también acaba de marcharse.

—Espera un segundo, mujer. Tengo un libro para ti dedicado. Toma.

Y acto seguido le entregó un ejemplar dándole un suave beso en la mejilla. Se miraron por un momento y sin poder resistirse más, ella lo besó con pasión hasta que perdieron la noción del tiempo.

—Ahora Miguel, por favor, déjame en paz para siempre... es lo mejor para ambos.

—Pero que estás diciendo, Olga, me quieres y yo también te amo. Es increíble... maravilloso... ¿no lo entiendes? ¿Cómo puedes dejar que esto muera?

—Por favor Miguel, no me lo pongas más difícil... claro que te amo... pero no puedo romper mi matrimonio... por favor no sigas.

Y de esta forma lo dejó descompuesto delante de los demás asistentes.

Aquella noche fue de las más terribles para Olga. Le había dado un ataque de ansiedad y no podía dejar de llorar. Se marchó a casa de Carmen y desde allí telefoneó a Iván:

—Hola cariño... no me esperes levantado y acuesta a Eva pronto. Estoy en casa de Carmen que no se encuentra muy bien y regresaré enseguida que pueda.

—¡Está bien! —le contestó su marido con extrañeza—. No sabía que estabas con Carmen… ¿te encuentras bien? ¡Tienes la voz muy rara!

—No pasa nada, tranquilo… estoy perfecta.

Carmen le preparó una tila y pasaron casi toda la noche en vela. Al día siguiente avisaron a Inés de que Olga no iría a trabajar. Carmen no sabía qué más decirle. Era decisión de su amiga. Tenía que enfrentarse a sus propios sentimientos y escuchar a su corazón. Hacia las tres de la mañana consiguió conciliar el sueño y envió un mensaje a Iván de que se quedaba en casa de Carmen a dormir.

Llegaron las ocho. El reloj sonó implacable al mismo tiempo que las dos amigas se despedazaron en la cama, como gatas perezosas.

—Escucha Olga. Te dejo preparado un té con un bocadillo de jamón. Tengo que marchar al trabajo. Regresa a casa y sé fuerte. Si tienes que decirle algo a tu marido, no demores más la decisión. No tardes veinte siglos en decirle que no le amas y arruines la vida de ambos, incluida la de Eva. Hay muchas parejas que continúan juntas porque no son valientes y temen quedarse solas. No tienen valor suficiente para comenzar de nuevo. Por favor, no seas una de esas. Sé fuerte y sigue adelante. Si quieres, podéis venir tu hija y tú a vivir conmigo una temporada. Hay espacio para las tres; pero luego sería ideal que buscaras un piso y poco a poco empezaras de nuevo. Miguel ya vendrá más tarde. Si realmente te quiere, esperará el tiempo que haga falta.

—Gracias Carmen. No sé qué haría sin ti. Jamás pensé que acabaría desquiciada.

—Olga, la vida nos va enseñando como enfrentarnos a nuestros fantasmas y cada momento es una oportunidad para aprender. Tú también me diste la fortaleza necesaria para emprender el nuevo trabajo como Chef y la seguridad que me faltaba.

Olga se marchó a casa y pasó el día lo más serena que pudo. Las lágrimas se le saltaban a cada momento. En su móvil parpadeaban varias llamadas, una de Inés, y la otra de Miguel. No podía llamarlo, ahora no… estaba derrumbada por completo, había caído en el agujero más profundo y tenía que levantarse ella sola, sin la ayuda de nadie.

Por fortuna, su hija estaba en casa de los abuelos y no regresaba hasta las seis de la tarde. Tuvo el día entero para encontrar un poco de paz en su interior hasta que llegó Iván de la oficina.

—Hola cariño… ¿Estás bien? ¡Qué mala cara! ¿Qué te pasa?

—Iván, tengo que hablar contigo muy seriamente. Mira, no sé cómo empezar. ¿Te acuerdas del viaje que hice con mis amigas a Cadaqués?

—Sí claro —dijo serio Iván mirándola fríamente.

—Pues allí volví a ver a Miguel, ¿te acuerdas? El compañero de la universidad y bueno, nos hemos visto varias veces y me he enamorado de él. Ya sé que es una locura… pero lo siento de verdad, lo amo… —comentó ella echándose a llorar desesperadamente.

—Pero qué estás diciendo —dijo colérico el otro—. No puede ser… ¿y él también te quiere?

—Sí, así es… quería decírtelo porque de verdad estoy destrozada… ya no puedo fingir más. Han pasado más de seis meses y no puedo soportarlo… quería ser fuerte y seguir contigo… como si nada.

—¿Y te has acostado con él? ¡Fulana!… no me lo puedo creer…

—No... te juro que no lo he hecho... por eso estoy aquí... y te lo estoy contando... te voy a dejar, Iván. Eva y yo nos vamos una temporada a casa de Carmen hasta que arreglemos los papeles del divorcio.

—Eso jamás. Yo no quiero el divorcio y a Eva no te la llevas... es mi hija —gritó histérico él.

—La verdad, Iván... es que me has decepcionado mucho. No sabes hasta qué punto pensaba que eras un hombre razonable. Eres como muchos, egoísta hasta la saciedad...

El otro corrió hasta ella y a punto estuvo de darle una bofetada ... Al final se arrepintió y dando un portazo se marchó de casa. La niña llegaba en media hora. Olga cogió varias mudas y se dispuso a esperarla en el portal. Eva se extrañó al verla en la calle.

—Hola mami... ¿qué haces aquí? —dijo sonriendo con el caramelo en la boca.

—Hola cuqui... nos vamos a casa de Carmen que está haciendo una comida estupenda.

—Pero mamá... y el papá se queda solo...

—No pasa nada. Él está bien. Vamos...

Se instalaron durante tres meses en casa de Carmen. A ella no le importaba lo más mínimo tener compañía, todo lo contrario, se estaba convirtiendo en un bálsamo para su soledad, aunque apenas descansaba en casa. El trabajo en la cafetería era cada día más largo e intenso y luego se había apuntado a otro curso de cocina rápida vegetariana. Eva fue la que sufría más. No entendía nada de lo que había sucedido. Amaba a su padre con locura y se le rompía el corazón cada domingo que tenía que regresar a casa con Carmen y su madre.

Poco a poco, la tensión entre Olga e Iván se fue suavizando y llegaron al acuerdo justo de la custodia compartida. Iván se marchó de casa y alquiló un apartamento a dos manzanas para estar cerca de ellas. Olga dejó de ver durante ese tiempo a Miguel a pesar de que se llamaron a menudo. Siempre le decía que necesitaba tiempo. Tiempo para reconstruir su vida, sola y con su hija. No deseaba caer en las manos de un hombre para sentirse salvada. Ahora no se trataba del cuento de la princesa que buscaba desesperadamente a su hombre valiente para rescatarla. Quería iniciar una relación especial manteniendo su espacio, su libertad y sobre todo el respeto a su hija.

A ella le fue muy bien trabajar en la cafetería. Los días eran largos y trascurrían con rapidez entre el sonido de las teteras, los aromas de café, chocolate y el delicioso aroma de los mangos, papayas y naranjas. Carmen trabajaba a su lado, la mayoría del tiempo, en silencio, ensimismada en sus recetas, con la mirada puesta en ese delicioso manjar que horas más tarde degustaría el público.

Inés iba y venía de Sitges a Barcelona. Ya estaba preparando el local y organizando las reformas. Se la veía entusiasmada en su nuevo proyecto. Había consultado con su amigo Andrés, economista y asesor financiero y con Jesús, abogado de la familia. Solo le faltaba atar el tema de la cafetería y contratar a más personal para ambos sitios, menos mal que contaba con la ayuda de sus dos mejores amigas, que además eran auténticas profesionales. Jamás pensó que le fuera tan bien trabajar con ellas.

Capítulo 15

Y llegó el gran día. La inauguración del nuevo restaurante de Inés Ros,

Sabores de alma y sal
Healthy Whole Food. Fusion & Organic

Estaba ubicado en la Playa de San Sebastián, un lugar precioso, sin duda. El local estaba pintado por fuera de azul añil combinado con tonos naranjas. Por dentro, pintado de blanco y verde cobalto con mosaicos antiguos, como si fueran obtenidos de las canteras romanas. Las mesas blancas y las sillas también blancas y verdes. Inés había escogido con sumo cuidado las pinturas que adornaban el comedor. Eran marinas al óleo, de amigos suyos, con rincones de Sitges. Al fondo del salón había una estantería con libros de cocina sana y un par de sofás con cojines árabes para saborear las diferentes variedades de tés y dulces caseros, realizados por Carmen, con stevia o azúcar moreno, con sumo cuidado para los diabéticos y para los intolerantes a la lactosa.

En la carta de **Sabores de alma y sal** podías comer ricos platos, compuestos de quinoa, arroz rojo o integral con verduritas del tiempo, cremas vegetales, sopas, ensaladas con crudités, pasta integral o coca artesana, incluyendo algo de pescado azul, como las sardinas o el salmón marinado. Los zumos seguían siendo el sello de la casa. El que tenía más aprecio era el vita zen, a base de naranja, mango, apio fresco y manzana.

He aquí la carta:

SOPAS Y CREMAS

Sopa de hinojo, zanahoria, manzana y cebolla

Sopa miso

Crema de calabaza y puerros

Crema de guisantes y tofu

Crudités con humus, crema de berenjena y guacamole

Porrusalda

ENSALADAS

Ensalada con tempeh, manzana y nueces

Ensalada con canónigos, espinaca fresca, naranja y semillas de chía

Ensalada templada con brócoli, remolacha, zanahoria y jugo de mandarina

Ensalada de quinoa con aguacates, pepinos, rábanos y olivas negras

Ensalada verde con germinados y frutos rojos

VERDURAS Y HORTALIZAS

Alcachofas salteadas con cebolla y salsa de soja

Brócoli al vapor con salsa de berenjenas

Calabacín rellenos de setas shitake

Verduras gratinadas al curry

ARROCES Y PASTAS

Arroz integral con verduritas y algas

Arroz rojo con champiñones y espárragos

Arroz con coliflor, brócoli y curry

Cuscús con verduras

Espaguetis con manzana, calabacín y jengibre

Trigo con verduritas y leche de coco

Pasta Farfalle con pimientos, guisantes y olivas

LEGUMBRES

Garbanzos con tomatitos, cebolla y tofu

Ensalada de lentejas con berenjenas

Hamburguesas de lentejas y garbanzos germinados

PESCADO

Boquerones en vinagre

Sardinas a la plancha con ajos tiernos

Salmón marinado con quinoa

POSTRES

Tarta de zanahoria y coco rallado

Brochetas de frutas

Compota de manzana

Trufas de chocolate con avellanas

Papaya con zumo de naranja y canela

Tarta de arándanos

Y un apartado con las infusiones y tés:

Té verde con menta

Té verde con jengibre y canela

Té rojo con vainilla

Te rojo con especias

Té negro Early Grey

Infusión de manzanilla y anís

Infusión de María Luisa

Infusión de salvia y limón

El día de la inauguración se sorteaba un lote de productos frescos y ecológicos además de servir chupitos de zumo fresco. Vino mucha gente que se apuntó a curiosear y algunos reservaron para comer el domingo. Inés llamó a un amigo periodista y realizó un extenso reportaje del evento que saldría publicado en La Vanguardia al día siguiente. Facebook y Twitter también estarían muy presentes. Había que poner toda la carne en el asador y apostar por el nuevo restaurante.

Aquella mañana Olga se encontró por casualidad con Miguel. Iba a coger el tren para ir a Sitges y un coche blanco se detuvo enfrente suyo. Al bajarse lo reconoció:

—¡Hola Olga! ¿Cómo estás? —le preguntó él sonriendo abiertamente.

—¡Hola Miguel!, siento no haberte prestado mucha atención en estos últimos meses. Estoy muy ocupada con el restaurante, y bueno, en general con mi vida —contestó algo preocupada.

—No importa —dijo con voz compasiva—, entiendo por lo que estás pasando. Ya viví mi divorcio hace unos años y es duro. Todo pasará con el tiempo. Solo necesitas ubicarte de nuevo y entender que has dado un paso importante. Sabes que te espero, cuando estés preparada.

Y le cogió las manos suavemente, acercándoselas a los labios. Ella empezó a llorar, primero lentamente hasta acabar en un llanto sonoro que no podía interrumpir. Miguel la abrazó hasta que pasaron minutos, mientras el sol los inundaba con esa suave caricia de las mañanas de domingo en el mes de marzo.

—¡Lo siento Miguel! Tengo que marchar a Sitges. Hoy inauguramos el restaurante… lamento no haberte dicho nada… se me pasó.

—No importa. Ya iré a verte la semana que viene… si no te importa.

—Claro… está bien —dijo ella y se deshizo de su cálido abrazo.

Volvió al coche y desapareció a lo lejos como una nube en un cielo diamantino. No paraba de pensar en cuanto lo necesitaba y como le hubiera gritado en ese momento de que no se marchara y no la dejara tan sola, en su mundo roto, con una niña triste que añoraba a su padre y con el que no podía volver.

Caminó hasta la estación de Sants y de repente tuvo el impulso de llamarlo a su móvil.

—Hola de nuevo, Miguel.

—Sí, Olga, dime. ¿Te sucede alguna cosa?

—¿Te gustaría venir? No sé… pasarte un rato por el restaurante. Estaremos todo el día…

—Me encantaría pero no puedo… tengo que visitar a un viejo amigo que acaba de regresar de Londres y no nos hemos visto desde hace mucho… intentaré escaparme a última hora… a ver si puedo. ¿Mañana estarás allí?

—Tengo fiesta… estaré todo el día con Eva. Nos vamos a Port Aventura con unos amigos.

—Bueno… pues el lunes o el martes… te llamo.

—Hasta luego Miguel. Un beso.

—Adiós guapa. Otro para ti.

Más aliviada, después de hablar con él, cogió el tren hasta Sitges. Al llegar, se encontró con cientos de turistas que paseaban por las calles. Coincidía con el Rally de los coches antiguos y el pueblo estaba más concurrido de lo habitual. Por fin llegó a **Sabores de**

alma y sal. Se sorprendió de la cantidad de gente que había acudido a la jornada de puertas abiertas. Carmen e Inés sonreían y hablaban con todos los visitantes. Al fin llegó hasta ellas. Las tres amigas se abrazaron y brindaron con una copa de cava. Aquel momento había que inmortalizarlo con alcohol, aunque apenas consumieran, con un Gramona Imperial. Por fin compartían un proyecto en común e iban a trabajar codo a codo, aunque Inés fuera la responsable del grupo, simplemente por haber puesto el dinero. Carmen sería intocable. La necesitaban como el aire que respiraban. Ella cada vez cocinaba con más soltura y creatividad y le daba un toque mágico a sus platos. Ninguna de las dos conseguiría de momento llegar a su altura.

A media tarde, a punto de cerrar, apareció en la lejanía el rostro de alguien conocido. Era Carlos y venía acompañado de Miguel. Carmen fue la primera en verlos y corrió enseguida en busca de sus amigas.

Olga se sorprendió gratamente y le sonrió desde lejos. Inés se quedó tan parada que no sabía como actuar. Se recompuso de la mejor manera que pudo y se acercó hasta ellos.

—¡Hola Miguel! ¡Carlos! ¡Qué sorpresa! No tenía ni idea de que habías vuelto…

—Esta mañana he comido con Miguel y me lo ha dicho y nos hemos presentado por sorpresa. Espero que no te moleste.

—Bueno, teniendo en cuenta de que llevo un año sin saber nada de ti… me sorprende enormemente.

—He estado trabajando en Londres. Algo temporal. Hace una semana que he vuelto y ahora pensaba instalarme en Barcelona. Quiero escribir un libro sobre todas las vivencias en India. Ya le he comentado a mi amigo que necesito su ayuda.

—Perfecto, ya me explicarás… ven que te acompaño a que conozcas el lugar.

Por su parte, Olga se acercó a Miguel y lo abrazó de nuevo.

—Gracias por venir. No pensé que lo harías.

—Te vi un poco preocupada cuando me llamaste y mira, aquí estoy.

Cenaron los cinco en el local cuando todos se marcharon. Sonaban las notas de Mirabai Ceiba mientras las velas danzaban ágiles en las mesas. El humus y el guacamole estaban excelentes y las hamburguesas de quinoa. Había trigo sarraceno con verduras y zumos de manzana, apio y remolacha. Con los postres no se resistieron y abrieron otra botella de cava.

—Venga chicas —decía Carlos— hagamos una excepción. Esto es un reencuentro feliz y hay que celebrarlo.

—Nosotras ya lo hemos hecho. Ya hemos bebido cava —dijo maliciosa Carmen.

—Venga —dijo Olga— otra copita por aquí.

La noche fue larga para algunos. Carmen se marchó rápida a casa, estaba cansada y tenía que currar al día siguiente. Inés regresó a Barcelona con Carlos y Olga se fue con Miguel al hotel Calípolis.

—No me lo puedo creer —dijo Miguel cuando se registraron en recepción. ¿De verdad estás preparada?

—Creo que debemos empezar a vernos poco a poco. No sé. Tal vez esté un poco borracha y te puedas aprovechar de mí.

—Eres increíble.

Nada más llegar a la habitación se desnudaron como locos con la luz apagada. Por fin alcanzó la lamparilla de noche y la encendió.

El rostro de ella ardía de pasión… los ojos brillantes y las mejillas sonrosadas. La fue acariciando lentamente, el cuello, las orejas, los pechos… hasta llegar a los pies. Se besaron sin desmayo hasta en los rincones más ocultos del cuerpo. Él la tomó una y otra vez hasta caer rendidos. Acabaron exhaustos durmiendo entrelazados.

El amanecer llegó para despertar a los amantes, siempre inevitable e injusto. La noche a veces no se debería acabar jamás porque con el día vuelven las heridas, las decepciones y los arrepentimientos. Cada uno se debía enfrentar a la realidad del momento, aceptar si fue un error o un acierto.

Olga se despertó temprano aquella mañana, con fuerte dolor de cabeza. Vio a su lado al hermoso Miguel, durmiendo profundamente y se alegró en aquel instante de tenerlo a su lado. No, por esta vez, no había arrepentimiento, solo alegría. Pensaba en todos los años que había pasado con Iván, y jamás se despertó con esa misma felicidad, a pesar de amarlo. Con Miguel era todo diferente. Hablaban el mismo idioma. Se habían conocido desde hacía mucho tiempo, compartiendo miles de experiencias. Se enamoraron sin saberlo, dejando pasar el tiempo como si todo se pudiera arreglar en un minuto. Así había sucedido aquella noche. Al final, todo se había colocado en su sitio. Nada más faltaba incluir a Eva en esta nueva relación, una niña rebelde pero cariñosa.

—¡Buenos días Miguel! Tengo que marcharme rápido. Eva me estará esperando en casa de los abuelos. Le prometí que iríamos a Port Aventura…

—¿Puedo acompañaros? —dijo él entonces, todo convencido—. Me encantan las atracciones.

—¡Está bien! —respondió ella mientras corría al baño—. Voy con unos amigos… mientras más seamos, más reiremos… pero no contaremos a nadie todavía lo que ha sucedido…

—Me parece perfecto. ¡Pues venga, vamos!

Capítulo 16

Carmen se levantó muy cansada al día siguiente y tenía que cocinar para cuarenta personas. Un grupo de amigos había reservado mesa para la celebración de un cumpleaños. En las últimas semanas solo pensaba que tal vez no había sido buena idea la de trabajar como Chef en el nuevo restaurante. Le encantaba la cocina y había aprendido casi todo en los últimos dos años, pero una cosa era una cafetería en la que no había tantos platos o pasteles que preparar y otra muy distinta era estar al pie del cañón llevando un restaurante. Tenía dos personas a su cargo además de contar con la inestimable ayuda de su amiga Olga, por lo que ella podía tomárselo con más tranquilidad, pero su sentido de la responsabilidad, no le permitía descansar. Todo tenía que estar perfecto, se autoexigía demasiado y ello le provocaba un estrés tremendo, incompatible con su estado de salud, recuperada de una enfermedad grave.

Aquella mañana pensó en decirle a Inés que la dejara al cargo de la cafetería… allí había menos trabajo que hacer. Ya conocía a la clientela y su horario era mucho más reducido.

Al llegar al restaurante, se encontró que todavía no había llegado Inés. La esperaban Nuria y Albert, sus nuevos ayudantes, recién salidos de la Escuela de Hostelería, con las pilas puestas para practicar y aprender.

Tenían que preparar arroz integral de verduras, humus, crema de berenjenas, guacamole, diversos tipos de zumos y hamburguesas de lentejas y quinoa.

Trabajaban rápido en la cocina. Carmen iba dirigiendo a los dos al mismo tiempo que cortaba la cebolla, el tomate, los pimientos y las berenjenas. Luego preparaba los diversos ingredientes para los zumos. Lavaba las frutas y en la licuadora industrial se hacían en un momento. El ritmo era ágil mientras la cháchara de Albert y Nuria no cesaba prácticamente en ningún momento. Carmen los observaba y se reía de vez en cuando. Eran jóvenes y se sorprendían aún con naturalidad de las cosas que le sucedían. Albert contaba como tuvo que cocinar una vez un pollo relleno y le faltaba uno de los ingredientes principales, que era precisamente el pollo, por lo que salió corriendo a comprarlo a última hora en Carrefour. La otra se acordaba cuando tuvo que preparar un bogavante, que se salió de la cazuela y empezó a corretear por todo el piso.

A las 14h. llegaron los comensales y media hora antes llegó Inés, algo alborotada.

—¡Hola Carmen, lo siento! Me he entretenido en la cafetería y se ha hecho tarde. ¿Cómo va todo?

—Ya está preparado, no te preocupes. Tengo unos ayudantes magníficos.

—Me alegro. Hoy libraba Olga y estaba un poco estresada pensando de que no llegarías… qué bien… me alegro mucho…

—Quería hablar contigo más tarde —le dijo Carmen con el semblante serio.

—¿Estás bien? ¿Te sucede alguna cosa? Te veo muy seria.

—No, no, no… solo estoy cansada. Después hablamos, ahora tenemos trabajo.

—De acuerdo. Ahora puedes tomarte unos minutos de descanso. Ya atiendo a los clientes.

A las 17:30 salieron contentos después de comer con apetito todos los platos y fue cuando ambas amigas tuvieron una charla más tranquila.

—Dime, Carmen ¿qué te ocurre?

—No sé Inés... me encuentro cansada... creo que me viene grande este trabajo. Cuando estaba en la cafetería trabajaba menos tiempo, con mayor tranquilidad. Aquí creo que el ritmo será duro y no sé si podré aguantarlo. Incluso había pensado en quedarme al frente de la cafetería si te parece bien, con Marc y Vicenç.

—Me sorprende esta decisión Carmen, pero la respeto. ¿Estás convencida del todo? Solo acabamos de abrir... no creo que haya tanta gente cada día... ojalá fuera así... habrá momentos con mayor afluencia y otros más tranquilos... pensaba darte fiesta algún que otro fin de semana cuando Albert y Nuria estén más rodados.

—Bueno, quizá me he excedido un poco. Dame unos meses a ver qué tal y volvemos a retomar el tema, ¿si te parece?

—Inés la miró más seria esta vez. ¡No seas infantil Carmen! Estás recuperada del todo y tienes un trabajo que te gusta y al que pones pasión cada día... ¿Cuánta gente tiene esto?

—Se trata del ritmo, —comentó ella más alarmada— del estrés que supone estar cada día preparando numerosos platos... el horario más amplio y trabajando los fines de semana... no sé... estoy agotada, perdona.

Y dando un portazo se fue a la cocina.

Inés empezó a ponerse nerviosa. Pensaba que todo lo tenía controlado y ahora se daba cuenta de que su restaurante se podía ir al garete si Carmen se marchaba, puesto que ella era el alma de ese lugar. Aunque los nuevos ayudantes aprendieran a ritmo frenético sus recetas, la experiencia que ella llevaba de tres años no sería nunca la misma y tampoco su toque mágico que ponía en cada plato. Respiró tres veces y se dirigió de nuevo a la cocina.

—Carmen, perdona si te has sentido presionada —le dijo esta vez más calmada—. Te voy a buscar más ayuda si la necesitas y te compensaré con un par de fines de semana al mes. ¿Te parece bien?

—Mucho mejor, Inés. Disculpa si me he enfadado contigo. Probamos de esta manera, a ver qué tal.

—Tómate mañana de descanso. Olga prácticamente se desenvuelve bien y no creo que tengamos mucho público.

—Bueno, ya me acercaré un poco más tarde y os ayudo. Ahora me voy a descansar… si no te importa.

—Claro, tranquila. Ya me ayudarán ellos.

Carmen se fue un poco más desahogada a casa. Nada más llegar, telefoneó a su amiga Olga con la intención de explicarle su decisión. Contaba con su discreción y su buen consejo, como siempre.

—Hola Olga, ¿Tienes un rato esta tarde para comentarte una cosa?

—Hola Carmen, pues me va un poco mal, pero podemos vernos a eso de las 19h. ¿Estás bien? ¿Ocurre algo?

—No, tranquila… solo necesitaba hablar contigo sobre el trabajo, sin que esté Inés. Ya sabes, algo personal…

—Vale, te entiendo. Luego hablamos.

Ambas amigas estuvieron charlando animadamente. Olga la entendía aunque no sabía aconsejarla. Pensaba que podría desempeñar su trabajo a la perfección, que lograría desarrollarlo sin estrés, disfrutando del momento, como a ella le gustaba. Le contó su nueva propuesta le pareció interesante y hasta cierto punto esperanzadora.

—Yo creo, querida amiga —le explicaba Olga— que deberías aceptar la nueva propuesta de Inés. Aún estoy un poco verde en el tema de la cocina, pero ya verás cómo pronto aprendo a desenvolverme con eficacia. No te preocupes... prueba unos meses y lo hablamos. Debes intentar agotar todas las posibilidades y no tirar la toalla hasta el final, a no ser que estés a disgusto.

—No se trata de que no me guste... me encanta mi trabajo... pero me agobian las prisas... he conseguido llevar un ritmo más pausado en mi vida y me asusta lo que ahora pueda pasar... —comentó Carmen nerviosa.

—Pero acabamos de abrir... espera un tiempo a ver qué sucede. No adelantemos acontecimientos.

—Está bien. Esperaré a ver como se desenvuelve el tema.

Ambas amigas acabaron sus respectivos zumos de naranja y pomelo. Eran casi las ocho y el sol se estaba poniendo con sus colores rosas y violetas en esa tarde del mes de marzo.

—¡Es preciosa la puesta de sol! —comentó Carmen a su amiga— No nos fijamos en las cosas sencillas que tenemos a nuestro alrededor. Eso es lo que realmente importa.

—Tienes toda la razón. Lo más simple puede ser a veces lo más hermoso. Simplemente respirar cada mañana y esperar el amanecer, ver la sonrisa de mi hija cada día, poder abrazarla y sentirla, o pasear por un bosque e impregnarte de su aroma, llenando cada una de tus células. O ir a la playa y caminar descalza por la arena húmeda… o degustar una taza de té en buena compañía… hay cientos de actos durante el día que se convierten en bendiciones.

—A eso me refiero, Olga, a las miles de cosas que tenemos y no apreciamos. No quiero que se me escape el tiempo, como antes de la enfermedad. Iba a la oficina y de allí a casa, exclusivamente para trabajar. Apenas me relacionaba con nadie y no hacía nada que me llenara por dentro.

—Ya te entiendo… como hemos comentado antes, prueba una temporada corta y ya verás si debes dejar el restaurante.

Carmen llegó a casa más tranquila. Se puso ropa cómoda y preparó la cena, una ensalada de quinoa y un yogurt de cabra ecológico. Puso en marcha el CD de Mirabai Ceba y se dispuso a relajarse. En aquel momento pensó en todo lo que había cambiado en los últimos dos años. La enfermedad le había enseñado más de lo que imaginaba. Había puesto su vida en orden, después de dejarse llevar por el rumbo descuidado del destino, imaginando que no había forma de encauzarlo, comiendo a deshoras, durmiendo poco, sin tener tiempo para pensar, sin amarse y mimarse como la mejor mujer del mundo.

Tenía la agenda en la mano y pensaba realizar un viaje sola, para reencontrarse y disfrutar de su propia compañía. Pensó en Italia, seguramente Florencia. Le encantaba el arte y esta ciudad italiana era un museo viviente. Hablaría con Inés y en los próximos días libres viajaría hasta allí.

Capítulo 17

Inés se levantó sonriente pensando de nuevo en Carlos. Después de su último encuentro en Sitges habían reiniciado su historia de amor y ahora parecía que iba en serio.

Carlos buscó trabajo en una empresa farmacéutica en Barcelona y se veían prácticamente todos los días. También la ayudaba en las tareas de gestionar el restaurante y casi siempre estaba con ella los fines de semana.

El negocio tenía cada vez más éxito. Olga empezó a cubrir las ausencias de Carmen con entusiasmo y buscaron más ayudas externas. Llenaban el local casi a diario, especialmente los viernes y sábados por la noche. Su propuesta era diferente y llamaba la atención de los extranjeros y de los vecinos del pueblo.

A Olga apenas le quedaba tiempo para estar con su hija. Eso lo llevaba muy mal. La acompañaba a la escuela cada mañana y después la recogía en casa de su madre. Los domingos normalmente libraba y compartían momentos especiales. La niña se había encariñado con Miguel y disfrutaban juntos patinando, jugando en el parque o comiendo un helado.

Existen los finales felices para los príncipes y princesas, para la mayoría de nosotros… aunque la vida parezca gris, siempre se puede pintar de rosa, depende del cristal con que uno se lo mire. Eso mismo pensaba Olga hasta que un nuevo acontecimiento sucedió entonces. Carmen se marchó finalmente del restaurante y dejó a ambas amigas solas. Decidió que necesitaba un respiro y se quedó en Italia por un tiempo.

Inés y Olga se extrañaron por su decisión y la añoraron durante unos meses hasta que entendieron que no todo lo previamente establecido tiene que ser lo correcto. Olga se puso las pilas y aprendió como nunca la cocina vegetariana, incluyendo algunas recetas veganas, pero poco a poco empezó a sufrir en silencio la ausencia de su hija. No le podía dedicar el tiempo que deseaba. Eva había cumplido los diez años. Era una niña responsable que aceptó finalmente la separación de sus padres y la nueva pareja de su madre, con la que se llevaba realmente bien. En el colegio disfrutaba con las asignaturas de historia y literatura. También empezó a aficionarse a la lectura. En este sentido, estaba muy arropada por su madre, gran lectora y Miguel, que había escrito su segunda novela.

Pasaron seis meses y Olga empezó a chocar cada día más con Inés. Le exigía mayor esfuerzo y dedicación y sus platos no gustaban tanto como los de Carmen.

—Olga, este arroz sabe demasiado a cúrcuma y jengibre, creo que te has pasado con las medidas.

—Bueno, siempre lo hemos elaborado así con Carmen... no lo entiendo. He seguido la receta al pie de la letra.

—Pues no me gusta, pruébalo... a ver que opinas.

—A mí me encanta... ¡lo siento! y se lo he dado a degustar a Carlos y también le ha parecido bueno.

—Pues no le eches tantos ingredientes... haz de nuevo el plato.

—Ostras... estoy preparando el humus y la quinoa con verduras... no me da tiempo... le diré a Antonio que me eche un cable.

—Móntatelo como quieras… pero necesito el arroz para las dos de la tarde.

—Tranquila, Inés… te veo muy alterada… desde que se fue Carmen, ya nada es lo mismo… me tratas como si fueras una extraña… ¡Mírate, estás histérica!

—Que me tranquilice… tenemos mucho trabajo y los platos no salen como antes. No tienen el mismo sabor… se nota que no está la cocinera principal.

—Pues, mira —dijo esta vez cabreada Olga, quitándose el delantal—, yo también me marcho. No soporto esta presión.

—Espera hija, por favor, disculpa, no te vayas —contestó preocupada la otra amiga.

—Pues, respira y deja hacer nuestra faena. Yo también estoy cabreada, trabajando un montón de horas sin tener tiempo apenas para mi familia.

—Siempre la misma historia… el trabajo es esfuerzo y dedicación, pero que os pensabais que lo del restaurante era cosa de niños, coser y cantar… no lo entiendo. Carmen que estaba agotada, demasiado esfuerzo… demasiadas horas… es lo que exige el trabajo de un buen cocinero…

—Pero ella no quería dedicarse realmente a la cocina… le encantaba el trabajo de la cafetería, ¿por qué no le diste la oportunidad? Ella hubiera gestionado el tema divinamente… y al final la dejaste en manos inexpertas y por eso ha fracasado.

—Ya, se marchó a Italia y nos dejó colgadas… o ¿no te acuerdas?… claro que le hubiera dado una oportunidad en la cafetería…

—No seas tan dura, Inés… ya te dijo en su momento que estaba agotada y que esto le suponía un gran esfuerzo; pero no la escuchaste.

—Pensaba que lo maduraría un poco y no tiraría la toalla de buenas a primeras.

—Ya ves, pues mira con lo que nos encontramos ahora…

La discusión llegó a su fin, aunque ambas amigas empezaron a distanciarse desde aquel momento. Inés veía a Olga, como a una trabajadora poco competente y sin ganas de aprender, mientras que para Olga, Inés se había convertido en una jefa sin escrúpulos. A veces no es bueno trabajar con los amigos, para no mezclar sentimientos o emociones. Hasta ahora todo había ido bien. Los años pasaron y aquella vieja amistad que se había iniciado en el gimnasio estaba tocando a su fin, o ¿era necesario que se enfriase un poco para volver a recuperar los buenos momentos? En las relaciones amorosas también sucede. Cada uno de ellos toca fondo en algún momento y necesita renovarse, distanciarse del otro… a veces se enfría demasiado y no hay manera de que el fuego vuelva a encenderse, aunque en otras ocasiones si puede volver a arder.

La relación entre las tres amigas estaba deteriorándose. Carmen se marchó a Florencia, después a Roma y de momento, allí estaba. Solo llamó una vez a Olga para decirle que se quedaba y unas semanas más tarde le había escrito una carta con el siguiente texto:

"Querida Olga. Siento mucho no haberos llamado o enviaros un email. Estoy aprendiendo cocina italiana, así por casualidad. Conocí a Giorgio en Roma y me está ayudando mucho. Trabajo de ayudante de cocina en su restaurante cerca del Trastevere. Estaba un poco cansada de la vida que llevaba en Barcelona, aunque os echo de menos. Espero que algún día Inés me perdone, después de todo lo que ha hecho por mí, pero creo que no me entendía. Soy muy feliz aquí. Me voy a casar en unos meses y Giorgio y yo montaremos nuestro propio restaurante. Nuestra cocina es la tradicional italiana aunque con toques orientales y tintes vegetarianos. Yo sigo sin probar apenas la carne… me cuido mucho y me tomo los zumos tan ricos que hacíamos en la cafetería… os quiero y os echo de menos. Muchos besos".

La verdad es que no llegó a entender como no se habían llamado. Aunque después de unos meses llegó otra carta, esta vez para ambas amigas. Decía lo siguiente:

"Queridas Olga e Inés.

El motivo de esta carta es que me caso el mes que viene, el 8 de septiembre. Me encantaría que pudierais acompañarme en este día tan feliz para cualquier novia. La boda será en Santa Maria del Trastevere a las seis de la tarde y el banquete en un restaurante cerca de la iglesia. Estoy muy feliz y os echo de menos. Cuento con vosotras. Mil besos".

Inés se quedó boquiabierta y no dijo nada.

—¿Qué? ¿Te quedas así? ¿Vamos a la boda? Yo creo que estaría bien reencontrarse después de estos meses. Es un momento muy especial. Ya sé que no hemos hablado últimamente pero no importa. Debemos estar ahí —comentó Olga alterada.

—Pues no sé Olga. Se marchó hace cuatro meses y no ha tenido la delicadeza de llamar o escribirme. A ti sí que te escribió... pero yo no he recibido ninguna noticia. Estoy indignada.

—No te enfades con ella. Es nuestra Carmen... recuerda todos los momentos que hemos compartido.

—Claro que me acuerdo. Siempre la he ayudado y he estado a su lado, en todo momento. Cuando estuvo enferma, en la cafetería, proponiéndole el nuevo trabajo como cocinera... miles de cosas.

—Es cierto, Inés, pero debes perdonarla. Al fin y al cabo, ha querido rehacer su vida a su manera. ¿No te has preguntado que, a lo mejor, no estaba a gusto aquí con nosotras? Cada uno debe elegir lo que realmente le llena, no lo que los demás le impongan.

—Ya, me parece muy bien Olga. Pero me siento herida... no sé cómo decirte... engañada o tal vez desilusionada con ella. No me esperaba el comportamiento que ha tenido conmigo, con nosotras, pero especialmente conmigo.

—Lo sé... a mí también me ha sorprendido su manera de actuar, aun así creo que su boda es una oportunidad para hacer las paces y reencontrarnos, si la consideramos una verdadera amiga.

—Pues haremos las maletas y nos iremos a Roma, ya está.

Y sin más discusión Inés se marchó dejando a la otra sumida en sus pensamientos.

Capítulo 18

Carmen cogió el vuelo hacia Florencia el siete de abril. Había escogido esa fecha, porque siempre le había gustado el número siete, símbolo de la sabiduría, la espiritualidad... era su primer viaje en solitario y ello le producía cierto temor. Siempre había viajado acompañada porque se sentía más segura, más arraigada a la Tierra. Después de la enfermedad, todo había cambiado a su alrededor, y esas emociones de miedo las estaba, poco a poco, transmutando. La pérdida de trabajo, la ausencia de una pareja y posibles hijos... veía a todas sus amigas llevando una vida más o menos establecida, con parejas, niños o disfrutando de un trabajo que las hacía independientes. Olga se había divorciado recientemente y tenía a Miguel a su lado, Inés se desenvolvía a la perfección sola como pez en el agua, sin la ayuda de ningún hombre, llevando sus negocios, disfrutando de los frutos que había conseguido con su propio esfuerzo. Se veía muy pequeña al lado de ellas. Sí, es verdad que había vencido una enfermedad importante y dejado un trabajo seguro lanzándose a la aventura... después de unos años de formación, aprendió el oficio de cocinera que le encantaba... pero aún le faltaba encontrarse a sí misma, sentirse completamente libre, sin que nadie la juzgara, por eso necesitaba tiempo para ella misma.

Cuando le planteó a Inés la posibilidad de dejar el restaurante y marcharse a la cafetería, estaba dando el primer paso para cambiar de vida. Aquellos años fueron maravillosos junto a sus amigas, aprendió a cocinar como nadie, a cuidarse y sonreír a la vida. No había tenido demasiado tiempo para pensar y sobre todo para viajar. Ahora tenía un dinero ahorrado y deseaba pasar una estancia en Italia, le gustara a Inés o no.

—Me voy para una semana a Florencia, Inés, pero según vea, alargo las vacaciones a quince días, si te parece bien. Llevo tres años sin descansar apenas —le planteó ella antes de nada.

—Está bien Carmen. Tómate los días que necesites. Si quieres estar fuera todo el mes, pues asunto cerrado. Ya me dirás algo. De momento nos apañamos, pero cuenta que tú eres el alma del restaurante. Olga no cocina tan bien como tú —le dijo Inés.

—Olga tiene mucho talento y creo que se espabilará. Saldréis perfectamente adelante, ya os llamaré cuando haya llegado.

Carmen llegó a Florencia y se hartó de comer en todos los restaurantes mejores de la ciudad. Disfrutó con la pasta y la pizza especialmente y con los helados. Aquellos días no pudo evitarlo y engordó casi tres kilos, a pesar de las caminatas y las visitas a Santa Maria de Fiori, la Galería de los Uffizi, la de la Academia, el Palazzo Vechio, o Santa Croce. Florencia era el sitio ideal para perderse, recorriendo sus calles llenas de historia, adorando sus esculturas, admirando las magníficas obras de Caravaggio, Tintoretto, Boticelli o Giotto entre otros artistas y sobre todo el David de Miguel Angel, impresionante y bellísimo.

En Florencia, Carmen conoció a una pareja de españoles que viajaban a Roma a la semana siguiente, Silvia y Pedro.

—¿Por qué no te vienes con nosotros, Carmen? Estaremos una semana nada más y luego podemos volver juntos a Madrid. Ya regresarás después a Barcelona. ¿Te animas?

—Encantada Silvia. Gracias por el ofrecimiento. He disfrutado mucho estos días sola por aquí, pero ya echaba de menos la compañía.

—Pues saldremos el viernes próximo. ¿Dónde te alojas?

—Pues estoy en el NH, en Piazza Vittorio Veneto.

—¡Ah sí! Sé cuál es —comentó Pedro—. Nosotros en el Minerva, en Santa Maria Novella.

—Umm. Es guapo ese hotel, ¿verdad?

—Sí, está guay. Es nuestro viaje de novios, por eso hemos escogido un buen hotel.

Los tres marcharon para Roma y visitaron la ciudad en una semana, como tenían organizado. El día de antes, conocieron a Giorgio, el chef del restaurante "Il risotto". Carmen se quedó prendada nada más verlo, el típico italiano, alto, moreno y con una sonrisa irresistible, pero sobre todo se enamoró de su comida. Les preparó "alcachofas a la judía" y un "risotto de frutos del mar" exquisito.

—¡Magnífico! —comentó Carmen al probarlo— No había probado algo tan rico en mi vida.

—Ti è piaciuto signorina? –comentó él entonces.

—Molto buono, en serio. Yo soy cocinera, —le comentó haciendo gestos exagerados para que el otro le entendiera.

—Spagnola? Yo entiendo el español, estuve trabajando cuatro años en Madrid —dijo Giorgio mirando fijamente a Carmen—. ¿Usted entonces es cocinera?

—Sí… trabajo en el restaurante de una amiga, en Sitges, cerca de Barcelona, soy también la Chef.

—Vaya, qué casualidad… yo busco a un ayudante de cocina para mi restaurante. Hace unas semanas que se fue María y no he encontrado a nadie, pero ¡claro! usted tiene ya tiene trabajo

—comentó el italiano con su sonrisa pícara a la que ninguna mujer se podría resistir.

—Sí es verdad. ¿Puedo entrar en la cocina? Me gustaría mucho.

—Por supuesto, in avanti.

Y Carmen entró en la cocina de aquel restaurante y ya no salió más de allí. Le encantó el lugar y por supuesto Giorgio que la trataba con dulzura y cariño como nunca nadie lo hizo.

A la semana siguiente, llamó a Olga y le dijo que de momento se quedaría en Roma, ya que estaba aprendiendo cocina italiana y eso les podría venir bien para el negocio. Inés se quedó esperando, una llamada, un mensaje en el móvil, pero nada. Carmen no sabía cómo decirle a su jefa que ya no quería volver. Se sentía por primera vez más feliz que nunca, a tope de energía, disfrutando de las nuevas recetas que aprendía con Giorgio, sin prisas, deleitándose con los sabores y los olores.

Todo fue muy rápido, más de lo que se esperaba. Se prometieron a los tres meses de conocerse y organizaron la boda para finales del verano. Carmen escribió la invitación a sus amigas y al día siguiente llamó a Inés para contarle con más detalle los acontecimientos. No sabía muy bien por qué no lo había hecho, por qué no la había llamado. Se empezó a sentir culpable y pensó que era el momento de enfrentarse a la realidad. Todo aquel tiempo parecía que hubiera estado en una nube, olvidándose de sus amigas, su familia, casi de si misma, viajando, conociendo a gente, una cultura nueva, costumbres diferentes aunque parecidas… estaba inmersa en un mundo del que no quería salir y sobre todo se había enamorado como una colegiala de alguien que la hacía reir y vivir intensamente.

—Hola Inés —llamando por teléfono aquella mañana—. Soy Carmen. Espero que no te hayas enfadado conmigo, seguro que tendrás motivos para hacerlo... pero necesitaba desconectar de todo y ahora me siento tan feliz...

—Vaya Carmen, qué sorpresa... ayer llegó tu invitación. La verdad no esperaba de ti este comportamiento irresponsable. Aquí tenías una vida, un trabajo, un buen trabajo, amigas... y lo has tirado todo por la borda. ¿Estás segura de que lo tuyo con ese italiano no será una aventura y nada más?

—Pues no lo sé. De momento estamos prometidos y trabajamos ambos en el restaurante. Nos va bien, Inés. Y siento no haberte llamado antes. Me gustaría mucho que vinierais a la boda, sois prácticamente mi única familia.

—A la familia se la tiene que cuidar, Carmen, como nosotras hicimos contigo cuando estuviste enferma...

—Ya, sé que me apoyasteis... no soy un buen ejemplo.

—Ninguno Carmen... me has decepcionado del todo y Olga está a punto también de tirar la toalla...

—¿Qué dices? A ella se le daba bien la cocina...

—Sí, pero está con Miguel y piensan montar una librería. Es normal. Es el negocio que conoce y al que se ha dedicado toda su vida. El tema de la cocina era pasajero y yo lo sabía.

—Lo siento Inés. Pero creo que tú intentaste organizar la vida de nosotras, sin consultarnos, sin preguntarnos si realmente era lo que queríamos... la idea del restaurante me asustó desde el primer momento y lo sabes.

—Perdona bonita, pero siempre te tendí una mano desde que dejaste el trabajo...

—Y te lo agradezco mucho… no sabes cuanto… pero tienes que entender que la gente puede elegir su camino, sentirse libre en todo momento. Tú nos organizaste la vida porque nos sentíamos mal, inseguras, y no sabíamos qué hacer. Yo ahora sí que lo sé. Me quiero quedar en Roma. Es una ciudad fascinante y me encanta su cocina. Adaptaré aquí platos vegetarianos y también carta de *smoothies*.

—Pues que bien, Carmen… me alegro mucho por ti. No esperes que vaya a tu boda. Adiós —y colgó el teléfono de manera brusca.

Inés se echó a llorar de manera desconsolada, sin darse cuenta de que estaba Olga en la barra del bar, recogiendo copas y vasos vacíos.

—Pero ¿qué te pasa corazón? Tenemos una pila de faena. Son casi las 12h y pronto empezarán a llegar Loli y su grupo y Javier con los amigos. Hoy llenamos también.

—Es que… me ha llamado Carmen y le he contestado muy mal por teléfono. —Y sin poder continuar comenzó de nuevo con la llorera.

—¡Eh! Inés, tranquila… no pasa nada. La llamas más tarde y te disculpas. Iremos a su boda y volveremos a ser las tres amigas de siempre.

—No, nunca lo será. La perdemos. Ella se queda en Italia, empieza una nueva etapa de su vida y no la tendremos nunca a nuestro lado. Cada vez nos alejaremos más por la distancia… no es lo mismo.

—Bueno, pero para eso está Internet, y el Whatsapp… son los mejores inventos que han salido… y cada verano podremos pasar una semana en Roma... además está en un sitio ideal, precioso y único. Ahh!!! Comiendo pasta fresca y pizza... y los *gelati*.

—Sí, sí, muy idílico todo, Olga, aunque en realidad tú bien lo sabes. Con el tiempo todo se va perdiendo... los amigos también.

—A lo mejor es necesario que sea así. Queremos tener los amigos de siempre, la casa y el trabajo de toda la vida... y no puede ser. Todos estamos sujetos a los cambios que surgen, nos gusten o no. Debemos adaptarnos a ellos y fluir con cada una de las situaciones que van saliendo, si no siempre estaremos amargadas, sin rumbo fijo.

—Te quiero mucho Inés y entiendo que hayas montado este negocio pensando en nosotras, especialmente en Carmen, pero ¿jamás te has preguntado si era esto lo que realmente queríamos?... puede que durante un tiempo nos haya ido muy bien juntas... pero igual que las parejas se rompen, también hay amistades que se pierden y simplemente se desvanecen porque ya no son necesarias para tu vida. Y no por ello dejas de querer a esa persona que se ha marchado, todo lo contrario, como la amas, dejas que se vaya y crezca. Te digo todo esto para que te prepares... eres fuerte e ingeniosa... Superaste con creces la muerte de tu marido y estás iniciando poco a poco una nueva relación. Con el trabajo es igual, estuvimos a tu lado en el inicio del proyecto pero puede que necesitemos hacer otra cosa diferente...

—¡Ya sé que tú también te quieres largar, a que sí! Ya me insinuaste algo... de verdad que ¡no os entiendo! Me podrías haber comentado tú también que no querías este trabajo...

—Mira, Inés, me gusta ahora mismo lo que estoy haciendo pero seguramente con el tiempo, Miguel y yo montaremos una librería.

Sabes que fue mi vida en el pasado y sigue siendo mi sueño. Aun así no te dejaré colgada. Te buscaré a un par de cocineros antes de marchar recomendados por Carmen, de cuando estuvo en la Escuela de Hostelería.

—¡Hablas en serio! —dijo ella con cierta ironía ¿Y a quién me vas a traer si se puede saber?

—No lo sé... ya buscaré, no te preocupes. Y ahora, vamos a dejar esta discusión si te parece y manos a la obra que tenemos faena.

—Valeeee, muy bien... pero ya continuaremos otro día.

Aquel domingo tuvieron el restaurante hasta arriba. Se quedaron sin arroz integral con verduritas y algas y sin cuscús, pero triunfaron para fortuna de los comensales y de los cocineros. Olga se había puesto las pilas y prácticamente calcaba el sabor y el gusto de los platos de Carmen.

Cuando acabaron se fueron los ayudantes de cocina y por fin se quedaron ambas amigas. Estaban agotadas y apenas levantaban la vista de las mesas, vajillas y platos recién colocados y ya limpios para el día siguiente. El lunes libraba Olga y eso le daba otro ánimo para acabar de recoger todo.

—Mañana podemos tomarnos un café en alguna terracita de Sitges y continuar con la conversación que teníamos —comentó Inés entonces.

—No me va muy bien, Inés... ¿lo dejamos para otro momento?

—Bueno, como quieras... hasta el miércoles.

Y con esa mirada fría y tono sentencioso se despidió de ella. Olga continuó hasta la estación para regresar a casa. Aquel día no esperaba a Miguel por lo que deseaba más que nada en el mundo un baño de agua caliente y disfrutar unos momentos del silencio y la calma. Su hija pasaba el fin de semana con su padre y no la traería hasta la cena. Cuando pasaba por Castelldefels, sonó su móvil. Era su madre.

—Hola mamá, ¿cómo estás?

—Tu padre se ha caído y estamos en el Hospital.

—¿Pero cómo ha sido? ¿Se ha roto algo?

—Creo que no, pero están examinándolo por si acaso. Ya sabes que está muy torpe desde hace unos meses.

—Pues voy para allí. ¿Estáis en Bellvitge, verdad?

—Sí sí, en Urgencias.

Olga fue directa al hospital y estuvo esperando un par de horas, hasta que salieron ambos por la puerta, mientras que llamaba a su exmarido para comentarle toda la situación, por lo que acordaron que Eva se quedaría en su casa aquella noche y la llevaría al colegio al día siguiente. Al final, después de tres años, habían recuperado la amistad y consiguieron mantener una buena relación tras el divorcio. El aún estaba solo y no le iba mal en el trabajo. Ascendió a Director Comercial en la empresa en la que estaba, aunque viajaba con bastante frecuencia por España y Francia.

Los padres de Olga estaban atemorizados, menos mal que fue solo el susto. Su padre de ochenta tenía demencia senil y a veces le fallaban las piernas, por lo que empezó a ser una carga para su madre de setenta y seis años y desde hacía unos meses tenía una cuidadora en casa. Aquel día tenía fiesta y su hermano tampoco pudo pasar a verlos. Ella empezó a preocuparse seriamente. Ya eran los dos mayores pero no tenía tiempo para echarles una mano. Tal vez si dejara el trabajo, podría dedicarles más atención

—pensó para sus adentros, aunque no quiero depender económicamente de Miguel... Pediré jornada reducida —meditó entonces.

Los llevó a casa y cenó con ellos. Ya más tranquila, marchó a su piso para dormir un rato, a pesar de que la noche se hizo larga. En su cabeza veía a Carmen, Inés, Miguel, Eva y a sus padres. Todos juntos y a la vez revueltos como en el camerino de los hermanos Marx.

A las cinco de la mañana tomó una tila y cogió el libro de la mesilla de noche, el de Sergio Ramos, "La Tierra vista desde las estrellas"... pero apenas pudo concentrarse... —Demasiado difícil a mi entender... —pensó en aquel instante.

Encendió una vela y quemó una varilla de incienso. Voy a meditar —se dijo a sí misma.

Me centro en la respiración, el aire que entra por la nariz y como sale lentamente, hinchando el vientre como un globo... veo una luz blanca desde arriba y va penetrando todo mi ser desde arriba hasta abajo... mi corazón se llena de luz verde... nada que no había forma de concentrarse... esto es un rollo...

Mañana me quedaré en casa a ver qué decido...

A las seis y media concilió el sueño en el sofá, hasta que la alarma del despertador sonó a las ocho.

—¡No me lo puedo creer! ¡Qué ruido es ese! ¡Maldita sea!

Se fue a la cama y se quedó dormida de nuevo hasta el mediodía.

Capítulo 19

Inés pasó también una noche terrible. El disgusto con Carmen y posteriormente con Olga le produjo dolor de cabeza. Se tomó un Paracetamol y de inmediato se acostó, aunque las horas trascurrían lentas y perezosas y no había forma de atrapar el sueño.

No entendía lo que sucedía. Quizá se había vuelto una persona rígida y disciplinada y no alcanzaba a comprender el comportamiento de sus amigas.

A las ocho se levantó directa a la ducha, se tomó un café doble para poder tirar. El día se presentaba largo y duro, otro día más. El teléfono la sobresaltó:

—Hola Inés —al otro lado de la línea—. Mi padre se cayó ayer y hoy había pensado pasar todo el día con ellos ya que mi madre está un poco asustada.

—Olga, ¿qué ha sucedido? ¿Estás bien? ¿Necesitas que te eche una mano?

—No, no ya me apaño… solo era para decirte que hoy no podemos vernos como tú querías…

—No te preocupes Olga, si necesitas unos días, me lo dices… ya nos apañaremos.

—Gracias Inés. Un beso.

—Otro para ti Olga y para tus padres.

En aquel momento una pequeña lucecita se encendió en su interior. Ella perdió a sus padres hacía años y recordó la mala racha que pasaron cuando ingresaron a su madre en la residencia. Se le encogía el corazón cada vez que la veía, sobre todo en los últimos años cuando perdió la cabeza.

Le daré unas semanas de vacaciones —pensó en aquel momento—. A ver si se calma y viene con más fuerzas al trabajo. Creo que el estrés acaba con uno.

Llamó a Carlos y quedaron en tomar un café antes de abrir el restaurante.

—Hola Carlos, estoy agotada. No sé qué les pasa a mis amigas pero creo que se han cansado del restaurante —dijo con tono de preocupación.

—Bueno, Carmen se ha enamorado de un italiano y es normal que quiera quedarse en Italia… pero tienes a Olga, ¿no?

—Pues creo que tampoco estará mucho tiempo más conmigo —le miraba con sus grandes ojos azules—. Su padre se cayó ayer y su madre está también delicada. Por otro lado me comentó que le gustaría abrir una librería con Miguel.

—Está en su derecho, cariño. Ella ya tenía una anteriormente, ¿verdad? —le contestó Carlos con firmeza.

—Así es. Pero ahora tiene un buen trabajo en el restaurante y con un buen sueldo. Le estoy permitiendo muchos caprichos…

—¿Caprichos o derechos? —dijo el entonces mirándola con seriedad.

—¿A qué te refieres? ¿No crees que lo esté haciendo bien? ¿Tan dura soy? —comentó ella alterada.

—No, no… disculpa reina. Pero cada uno puede elegir realmente lo que le interesa o puede hacer. A una librera, enamorada de los libros y de la escritura, le puede gustar la cocina, pero dedicarse el resto de su vida a ello, no tiene sentido… sabías que este trabajo sería temporal, no te lo tomes a la tremenda. En cualquier tipo de oficio, la gente entra y sale… le gusta experimentar y aprender. Ya nadie se queda con el trabajo de toda la vida, Inés, deberías saberlo.

—Lo siento… tienes razón. He sido manipuladora y he querido organizar la vida de mis amigas… pensaba que estaba bien… que era bueno que las tres trabajáramos juntas. Ha sido bonito…

—Lo fue, cielo. Fue una etapa que os iba bien a todas. Ahora toca otra cosa y no debes enfadarte con ellas ni culparlas que te dejen tirada, ¿lo comprendes?

—Sí, Carlos, me está costando mucho aceptarlo, ya está. Éramos buenas amigas y hemos compartido miles de cosas. Es difícil de asumir…

—Anda cariño. No estés triste. Encontrarás a otros cocineros que trabajen igual de bien y siempre podrás conservar a tus amigas aunque no las veas con asiduidad, ya verás.

Inés fue al restaurante mucho más animada después de la conversación con Carlos. Fue un gran amigo en esos momentos, la entendía siempre, a pesar de que fueran diferentes y no pensaran de la misma manera en muchos aspectos de la vida.

Aquella tarde llamó a Olga para ver cómo se encontraba. Estaba a punto de salir de casa de sus padres, así que aprovecharon para tomarse unas cervezas.

—Anda que si nos viera Carmen ahora, tomando cerveza, tan sanas que nos habíamos vuelto —dijo Olga riéndose.

—Vamos a hacernos una foto y se la enviamos por Whatsapp…

Tomaron el móvil de Inés y a los dos minutos le llegaba a Carmen la foto de ambas amigas con dos copas de San Miguel.

—Siento mucho que ayer nos enfadáramos —dijo Inés entonces—. Lamento mi comportamiento y puedo entender perfectamente que dejes el trabajo y abras tu librería… es tu sueño, tu vida…

Olga se detuvo a mirarla por un instante y empezó a llorar…

—Gracias cariño… por entenderme, por saber quien soy y por darme esa libertad que todos necesitamos —dijo con lágrimas en los ojos.

Se abrazaron ambas amigas, al mismo tiempo que vibró el móvil de Inés. Una foto de Carmen comiendo un entrecot, las dejó más asombradas todavía…

—Pero bueno, y la vegetariana, ¿dónde está? –riéndose a carcajadas Inés—. Yo a esta no la conozco.

Por fin sonó el móvil y la voz alegre y cantarina de Carmen las dejó más contentas que nunca:

—¡Hola chicas! ¿Qué hacéis? ¿Aún no habéis cenado?

—Pero sí solo son las siete y media de la tarde. Ahora estamos con las cervecitas…

—Aquí en Italia tenemos otro ritmo. Estamos cenando ya. Y hoy me ha preparado mi futuro marido un entrecot riquísimo "a la milanesa".

—¡Ummm! Qué rico… ¿Pero desde cuando comes carne?

—Bueno, he cambiado un poco la dieta desde que estoy aquí... pero intento comer siempre comida sana. No os preocupéis chicas... estoy fantástica.

—Me alegro mucho de que te encuentres bien —comentó Olga por el móvil, al mismo tiempo de que se lo prestaba a Inés.

—Hola cariño. Perdóname que el otro día te hablara mal por teléfono —dijo Inés convincente—. Lo siento, creo que intentaba manipularos a las dos sin darme cuenta.

—No pasa nada Inés. Lo entiendo perfectamente. Tú solo querías que estuviéramos juntas... y fue estupendo, la verdad. Disfruté mucho los primeros años... pero me cansé de llevar las riendas de la cocina en el restaurante... me apetecía probar otras cosas, viajar, ver mundo... no sé... y ahora me he enamorado y Roma me encanta. Es maravilloso todo: la cocina, las costumbres, la gente... soy muy feliz y me encantaría que vinierais a la boda.

—Claro que iremos, Carmen. Estamos deseando abrazarte y pasar un rato contigo. Nos iremos unos días antes para hacer turismo.

—Eso mismo. Roma tiene mucho que ofrecer... es especial, ya lo sabéis.

—Bueno, pues cuenta con nosotras que nos veremos pronto. Muchos besos.

—Un fuerte abrazo y cuidaos mucho —dijo Carmen al otro lado del móvil.

La tarde terminó lenta y pausada, como si nunca quisiera acabarse. Ambas amigas se despidieron con la alegría de volverse a encontrar después de un tiempo de distancia. Inés pudo por fin comprender que su actitud no fue la deseada y que todas las personas han de tomar sus propias decisiones, independientemente de que te gusten o no.

Por otra parte, Olga se quedó mucho más tranquila… con el tiempo, pensaba abrir su nueva librería, aunque no dejaría sola a su amiga en la estacada. Buscaría a dos buenos cocineros de confianza para dejar el listón bien alto y el restaurante pudiera seguir funcionando con normalidad.

Capítulo 20

Se iban aproximando las vacaciones y por fin Olga e Inés empezaron los preparativos para la boda. Se compraron unos vestidos estupendos en Rosa Clarà y acordaron visitar Roma, cuatro días antes del acontecimiento.

Carmen estaba como loca, hacía un año que no se había reencontrado con sus amigas y esperaba con impaciencia la llegada de ambas. Buscó alojamiento en un pequeño hotel cerca del Trastevere, cuyos dueños eran amigos de Giorgio. De esta manera podían ir a su aire y explorar la ciudad a su antojo.

Durante aquel año, Carmen aprendió otras recetas, típicas de Italia, aunque no se olvidó de las que había inventado en Barcelona, especialmente en Sitges. Añoraba aquel tiempo, trabajando codo con codo con sus amigas, especialmente en la cafetería, cuando mezclaba diferentes frutas y verduras y el batido resultaba siempre un éxito. Pero sobre todo echaba de menos su complicidad y su apoyo en los años que empezaba a trabajar como cocinera.

Era extraño. Nunca le gustó la cocina. Apenas le gustaba hacer nada en casa y siempre tenía platos preparados en la nevera o hervía pasta o arroz y comía pollo o pescado a la plancha. Disfrutaba cuando salía fuera a comer, pero aquello de arremangarse delante de los fogones no era para ella, hasta que llegó esa enfermedad que le haría cambiar la vida para siempre. Inés fue su mejor aliada y se sentía algo culpable por no haberla llamado para explicarle sus sentimientos. La respetaba mucho y la había ayudado económicamente desde el primer momento por lo que no quería decepcionarla. Tal vez por eso no quiso enfrentarse a ella. Eran sus miedos. Los miedos paralizan y no dejan mostrar el poder de uno mismo y la fuerza que llevamos dentro. Cuando el médico le diagnosticó la enfermedad, en un primer momento no sabía como encarar esa situación. A ella no le podía suceder eso… tenía una vida fantástica, o al menos eso pensaba. Cuando nos vamos quitando las capas de cebolla con las que nos envolvemos, entonces nos mostramos tal como somos, auténticos y únicos, pero también podemos llegar a ser frágiles si descubrimos nuestros defectos. A partir de ese momento, tenemos todo el tiempo para curar esas heridas y fortalecernos poco a poco.

Llegó por fin el dos de septiembre. Sus amigas acababan de aterrizar en el aeropuerto de Roma, Fiumicino. A los pocos minutos salían por la puerta principal buscando a su amiga.

—¡Hola Carmen! —Salió corriendo Olga para abrazarla con fuerza.

—Olga, ¡cuánto os he echado de menos! ¡Hace un año que no nos hemos visto! Estás muy guapa, como siempre. ¿Qué tal te va con Miguel? ¿Y tu hija Eva, cómo está?

—Muy bien cariño… Están fantásticos y te mandan muchos besos.

—Carmen, qué ganas de verte —comentó entonces Inés. Y se abrazaron tan fuerte que apenas podían respirar—.

—¡Qué alegría de que hayáis venido! Estoy realmente contenta de que me acompañéis en la boda. De mi familia solo vendrá mi hermano Lázaro. Llegará mañana al mediodía.

—Bueno, ya nos presentarás a Giorgio y a su familia —dijo entusiasmada Inés.

—Por supuesto. Ahora os llevaré al hotel y comeremos en el restaurante. Hemos cerrado estos días para poder atenderos a todos.

Carmen las condujo en su automóvil hasta la entrada del hotel y esperó un rato hasta que ambas amigas se acomodaron en las habitaciones. Luego fueron al local de Giorgio.

Allí estaba el futuro marido de Carmen, peleando entre fogones con su franca sonrisa y su enorme sentido del humor.

—¡Hola Olga e Inés! ¡Sois las amigas de Carmen! ¡Ya me ha hablado de vosotras muchas veces, *veritá*!

—Hablas muy bien el español, ¿te ha enseñado Carmen? —preguntó Olga mirándolo abiertamente.

—Yo he vivido en España varios años. En Madrid, Valencia y Barcelona, pero Carmen me está enseñando más… —contestó con una sonrisa picarona y luego añadió— Os he preparado Espaguetis a la Carbonara y una Ensalada Roma, especialidad de la casa.

—La pasta nos encanta, verdad Inés —dijo Olga.

—Por supuesto, además estamos en Italia, el mejor lugar del mundo para disfrutar de una buena pasta.

—Seguro que os encantará, ya veréis —dijo entonces Carmen, entrando en la cocina para supervisar todo.

La comida fue increíble. No cabía duda de que Giorgio era un buen cocinero y junto a Carmen iban a conseguir pronto alguna estrella Michelin. A ambos les gustaba experimentar nuevos platos con especias y diferentes ingredientes. A él le encantaría visitar India y Japón y aprender la cocina de aquellos lugares, aunque ya había estado en Londres y supo incorporar sabores orientales en la carta. Estaba claro que el éxito del buen cocinero estaba en seguir aprendiendo y practicando, como el cirujano que jamás deja de estudiar o el abogado que necesita siempre estar al día con las leyes. Carmen no era tan ambiciosa pero deseaba acompañar a su compañero a donde fuese.

—¡Qué suerte que a los dos os guste la cocina! —comentó Inés contenta después de haber degustado los espaguetis.

—¡Es cierto! Podemos aprender mucho uno del otro y avanzar juntos en un terreno que nos apasiona.

—Lamento Inés no haberte llamado antes y haberte explicado mi situación. No sabía cómo decírtelo… todo esto ha ido tan rápido. En realidad, se me ha escapado de las manos. Tenía intención de regresar a Barcelona y apareció Giorgio cambiando mi vida para siempre.

—No te preocupes Carmen. Es normal. A mí también me hubiera pasado. Tener a un hombre guapo, listo y además cocinero… ¿qué más puedes pedir? —exclamó Inés.

—Bueno, espero que te vaya bien por Sitges, Inés. Tengo a varios amigos por Barcelona que trabajan muy bien y son responsables. Si necesitas a alguien más, los puedo llamar.

—Ahora ya no hace falta Carmen —dijo entonces con tono airado Inés. Ya nos las apañamos, verdad Olga.

—Sí, claro que sí. Yo también le hablé de Carlos y Sandro. ¿Te acuerdas Carmen? Eran estupendos. Trabajan ahora en La Nacional, pero están abiertos a mejorar.

—Puede que los contrate cuando tú también te vayas —comentó Inés.

—¿Al final tú también dejas el restaurante, Olga?

—Es que no me ha dado tiempo a explicártelo. Sí, también abandonaré el barco más adelante. Miguel y yo montamos una librería, a ver cómo nos va. Queremos que sea un lugar acogedor, con una pequeña cafetería incluida, venta de revistas, periódicos, etc.

—A ver si tienes suerte. Las librerías gigantes como Casa del Libro se están cargando a todas las de barrio.

—Eso es cierto. Es una pena. Sobreviven los más fuertes. Debes ser lo más original posible. Algo que llame la atención... no sé. Estaría bien que organizaras tertulias literarias o cursos de escritura creativa.

—Estamos pensando la mejor fórmula... de momento hemos encontrado el local en el barrio de Gràcia, que allí triunfan muchos negocios que son diferentes; pero también hay que tener suerte...

—Bueno, ya verás como todo irá bien...

—El caso es que me quedaré sola sin vosotras —exclamó de repente Inés un poco triste—. Pero entiendo que cada una tiene que dar sus propios pasos. Me ha costado entenderlo, eso es cierto... y lo mejor para nuestra amistad es que cada una siga su camino.

—Me sabe muy mal, cariño —dijo Carmen con voz lastimera—. Pero han sucedido tantas cosas y todo tan rápido que no imaginaba hace un año que pasara todo esto...

Aquellos días pasaron rápidos entre visitas culturales, comidas y los últimos preparativos para la boda. La reconciliación de las tres amigas llegó a su fruto. Consiguieron olvidarse de todas las rencillas y volvieron a reencontrarse como en los primeros años de amistad. Reían por cualquier tontería, tenían la misma complicidad que los enamorados, que solo se entienden con la mirada, capaces de descifrar los mensajes por muy enigmáticos que sean.

Inés y Olga aprovecharon para descubrir los rincones más bellos de la ciudad. Todo el mundo veía la Fontana di Trevi, el Panteón, La Plaza España, Narbona, el Coliseum… una explosión de arte y vida en movimiento, al compás de los cientos de turistas que recorren sus calles. Paralelamente a este mundo, estaba el barrio judío que reposaba tranquilo y más alejado de la gente o la basílica de San Pablo Extramuros, menos concurrida y cuya belleza dejó sorprendidas a ambas amigas.

Capítulo 21

Por fin llegó el gran día, el ocho de septiembre. Hacía un calor terrible que rozaba los cuarenta grados. El cielo lucía con toda su fuerza, un color azul brillante y apenas se veía una nube en el horizonte.

Carmen se levantó radiante aquella mañana. Fue corriendo a la peluquería. Giuseppe la esperaba para el recogido especial que realizaría en aquella ocasión y un maquillaje discreto, apenas perceptible. Le gustaba como trabajaba aquel peluquero, se notaba que amaba su trabajo. Se movía con rapidez, tocando el cabello con delicadeza, retocando cada rizo y colocándolo en el lugar adecuado. Se trataba de un recogido muy sencillo, una especie de moño en la parte superior y unas mechas que caían como bucles a los lados, que parecían lágrimas rojizas.

El vestido de una elegancia exquisita, de color crudo, le marcaba la cintura y se perdía en los tobillos. De palabra de honor, le realzaba el pecho y la pedrería brillaba levemente entre la seda. No llevaba velo, solo un simple tocado que realzaba con su pelo rubí.

En la iglesia, Giorgio la esperaba con un elegante traje oscuro junto al altar. Estaba risueño y ansioso por tenerla entre sus brazos. Nada más verla le dio un beso corto antes del inicio de la ceremonia.

El banquete fue estupendo, con comida abundante y extensa, típico de Italia. Doce platos, a base de pasta, pizza, carne, champiñones, fruta, quesos, algunos mariscos y dulces. La especialidad, el tiramisú. Música de todo tipo sonaba en la sala, aunque la Tarantella predominó buena parte de la noche.

Inés y Olga estaban sentadas en una mesa cercana a los novios junto a otros amigos de Giorgio. Disfrutaron de su calidez y amabilidad y no pararon de reírse con sus ocurrencias. Olvidaron todos sus enfados y rencillas. Por fin estaban en paz, viviendo el momento con todo su esplendor.

En un momento dado, Carmen se escapó del bullicio para acercarse a la mesa de sus amigas. Llevaba en sus manos un pergamino con un pequeño poema que había escrito expresamente para ellas hacía unos días:

Mis caras amigas,
adoradas, brillantes soles
bailan en el horizonte
de la eterna primavera.

Os llevo en mi corazón,
broche de estrellas
acariciando el aire
de mi entrañable ciudad.

Roma me ha dado la vida
y vosotras la alegría,
el amor de la Madre Tierra
que jamás se agota
y lucha por brincar
cada día más fuerte.

Sois mis hermanas de fuego
y lucimos encendidas,
a pesar de la distancia…
Os amo siempre.

Las tres amigas se abrazaron fuertemente firmando ese contrato no establecido de amor incondicional. El que une y no ata. Amor que vibra en intensidad y no se afloja a pesar de la distancia. Amor que no duele y siempre te acompaña. Amor infinito que no sacia como el vino ni tampoco embriaga, ni manipula, ni ordena y respeta. Es la clase de amor que todos necesitamos igual que el aire que respiramos. En definitiva, amor del bueno.

Pasada la boda, los novios se fueron de viaje a Bali, mientras que Inés y Olga regresaron a Barcelona a los dos días, después de acabar de visitar la capital italiana.

Transcurrieron ocho años. El tiempo vuela con desmesura, sin poder detener un solo instante para eternizarlo y hacerlo nuestro. Un día es un aliento que se pierde en el vacío de la memoria.

Inés siguió al frente de su restaurante. Contrató a un Chef nuevo, José María, siguiendo el consejo de Olga y durante todos esos años, mantuvieron impecable su amistad. Se casó con Carlos que la ayudó en la gestión del local. **Sabores de alma y sal** se convirtió en un local de referencia en Sitges. Era un lugar nuevo, diferente, acogedor y de buen gusto. Los platos seguían siendo una delicia para los paladares más exigentes. Al final, Inés consiguió impartir algunos talleres de comida vegetariana fuera de temporada e incorporó nuevos platos orientales y de Italia, bajo la influencia de Carmen.

Olga montó su librería con Miguel y el negoció funcionó algunos años, pero al cabo de un tiempo se vio obligada a cerrar de nuevo. Eran años difíciles para los locales pequeños. Las grandes librerías eran una competencia enorme contra la que no podían luchar. Eva creció y su amor hacia los animales la llevó a estudiar Veterinaria. Más tarde abrió un centro en Barcelona y su madre la ayudaba con el negocio. Miguel siguió escribiendo y amando a Olga cada día. Era la mujer de su vida y quería a Eva como si fuera su propia hija. Nunca se plantearon tener más hijos.

Carmen por otro lado, continuó viviendo en Roma, junto a su marido Giorgio. Tuvo dos hijas, y les puso el nombre de sus amigas, para que siempre las recordara. Viajaba a Barcelona con frecuencia para reunirse con ellas. Las llamaba por teléfono con asiduidad o se conectaba por Skype manteniendo largas charlas. Abrieron un segundo restaurante en Florencia innovando la cocina italiana y aportando todos los conocimientos aprendidos en España.

Después de diez años, las tres amigas han decidido realizar de nuevo un viaje juntas, esta vez un crucero por el Mar Báltico. A ver qué nuevas sorpresas les deparaba el destino.

Sobre la autora

Nacida en Viladecans, Barcelona, 1967. Licenciada en Filología Hispánica, especialidad de literatura, por la Universidad de Barcelona. Escribe para el diario local DELTAvisión.tv. Colaboradora habitual de Fundación Espejo de Viladecans. Ha sido socia fundadora y secretaria de la Asociación Artística y Cultural "Anceo" de la misma ciudad durante los años 2009-2011. Miembro integrante del grupo literario "El laberinto de Ariadna" y de la Asociación Colegial de Escritores de Cataluña. Ha publicado tres libros de poesía *"Vientos Azules"*, Parnass 2009, *"No Dejes de Ser Lluvia"*, Parnass 2011 y *"El Latido de la vida"* Parnass 2016, éste último sobre su experiencia acerca del cáncer.

Forma parte de las Antologías: *"10 años de poesía"* de El Laberinto de Ariadna, Emboscall, 2008, *"Siete voces para una misma palabra, poesía"*, Bubok, 2009, *"Xarnegos-Charnegos"*, Sial 2010, *"Sonrisas del Sáhara"*, Parnass 2010, *"El Crak del 2009"*, Parnass 2011, *"Talla G"*, Parnass 2011, *"Tardes del Laberinto"*, Parnass 2011 y *"Voces desde El Laberinto"*, Parnass 2013.

Coordinadora de la Antología de poesía "Vilapoética", Parnass 2011.

Ha publicado en el Club de Eirene Editorial el relato *"Agosto de 2007"*, sobre sus experiencias acerca del Reiki.

Ha escrito su primera novela "El abrazo de los girasoles", La Plana, 2014.

www.ingramcontent.com/pod-product-compliance
Lightning Source LLC
Chambersburg PA
CBHW071225260626
47162CB00004B/1425